SALTO

Drei unbekannte Texte. Drei verschiedene Blicke auf ein Leben:

Im Alter von 44 Jahren schreibt Pasolini ein autobiographisches Poem mit dem einfachen Titel *Who is me*; später nennt er es *Poeta delle Ceneri (Dichter der Asche)*: Ein Text von außergewöhnlichem biographischen Wert, begonnen während eines Aufenthalts in New York. Enzo Siciliano fand den Text nach Pasolinis Tod unter seinen persönlichen Papieren.

Auch der zweite, der expressive lyrische Text *Una disperata vitalità (Eine verzweifelte Vitalität)* hat eine autobiographische Grundstimmung, ist jedoch in hohem Grade literarisiert. Hier inszeniert sich Pasolini selbst: ›Wie in einem Film von Godard‹, allein auf der Autobahn im Alfa Romeo, beginnt er den Rückblick auf sein Leben und Werk.

Ergänzt werden diese autobiographischen Texte durch ein Gespräch, das ein Filmregisseur mit Alberto Moravia über den kurz zuvor gestorbenen Freund führte. Offen und schonungslos erinnert sich Moravia: An einen sanften, herzlichen, zugleich exzentrischen wie egozentrischen, ganz in seinen Widersprüchen gefangenen Menschen.

PIER PAOLO PASOLINI

WER ICH BIN

MIT EINER ERINNERUNG VON

ALBERTO MORAVIA

VERLAG KLAUS WAGENBACH BERLIN

Die beiden Poeme Pasolinis wurden von
PETER KAMMERER,
das Interview mit Moravia von
BETTINA KIENLECHNER
übertragen.

INHALT

WHO IS ME

DICHTER DER ASCHE

Ich bin jemand,
der 1922 in einer Stadt voller Bogengänge geboren wurde.
Ich bin also 44 Jahre alt, die man mir nicht ansieht
(erst gestern schätzten mich zwei oder drei Soldaten in einem
Nuttenwäldchen auf vierundzwanzig, – arme Jungs,
die ein Kind für gleichaltrig hielten).
Mein Vater starb 1959,
meine Mutter lebt.
Ich beweine noch, wenn immer ich an ihn denke,
meinen Bruder Guido,
ein Partisan, umgebracht von anderen Partisanen, Kommunisten
(er war im Partito d'Azione, und zwar auf meinen Rat;
begonnen hatte er den Widerstand als Kommunist),
auf den verfluchten Bergen eines abgeholzten
Grenzgebiets mit kleinen, grauen Hügeln in trostlosen
Voralpen.
Mit sieben begann ich Gedichte zu schreiben:
doch ich war nicht frühreif, es sei denn durch meinen Willen.
Ich war ein »siebenjähriger Dichter«
wie Rimbaud – doch nur im Leben.
Nun, in einem Dorf zwischen Gebirge und Meer,
wo große Gewitter bersten, im Winter viel Regen fällt,
wo man im Februar die Berge klar sieht wie Glas,
knapp hinter den feuchten Zweigen und wo an den Gräben die
Primeln
wachsen, geruchlos, und im Sommer die schmalen Maisfelder,
im Wechsel mit dem stumpfen Grün der Luzerne
vor dem blassen Himmel sich abzeichnen,
wie eine geheimnisvoll östliche Landschaft –
nun, in jenem Dorf,
gibt es eine Truhe, mit Manuskripten gefüllt von einem der
vielen jungen Dichter.
Das wichtigste in meinem Leben war meine Mutter
(hinzu kam, erst jetzt, Ninetto).
Im Jahre 1942, in einer Stadt – wo mein Dorf so sich selbst ist,
daß es wie ein Traumland erscheint – mit der großen Poesie
des Unpoetischen,
wimmelnd von bäuerlichen Menschen und kleinen Betrieben,
viel Wohlstand,
guter Wein, gutes Essen,

höfliche und schwerfällige Leute, etwas derb, doch
empfindsam,
in dieser Stadt habe ich mein erstes Büchlein mit Versen
veröffentlicht,
mit dem für damals konformistischen Titel »Poesie a Casarsa«,
gewidmet, aus Konformismus, meinem Vater,
der es in Kenia bekam,
– er war dort Kriegsgefangener, unwissendes und unkritisches
Opfer
des faschistischen Krieges.
Es zu bekommen hat ihm – ich weiß es – ungeheuere Freude
bereitet:
wir waren große Feinde,
aber unsere Feindschaft war Teil des Schicksals und nicht in
uns.
Und als Zeichen unseres Hasses, unentrinnbares Zeichen,
Zeichen für eine wissenschaftliche Analyse, die nicht irrt,
die nicht irren kann,
war dieses ihm gewidmete Buch
geschrieben in friaulischem Dialekt!
Dem Dialekt meiner Mutter!
Dem Dialekt einer kleinen
Welt, die er verachten oder
– jedenfalls akzeptieren mußte mit der Geduld eines Vaters …
Und zwar auf Grund eines vorangegangenen Widerspruchs:
wieder einer von denen, die einen Wissenschaftler nicht
täuschen!
Da, wo dieser Dialekt gesprochen wurde, hatte er sich nämlich
verliebt.
Verliebt in meine Mutter.
So hat durch sie, diese kleine, minderwertige, bäuerliche
Welt, fast Neger, die er verachtete,
ihn zum Sklaven gemacht:
aber auch dieses Mal ohne sein Wissen.
Er wußte nicht, daß diese Liebe sein Herr war,
und durch eine Kindfrau (meine Mutter!),
schön, mit schönem Hals und der allzu unschuldigen Seele
eines Engels, der ungeeignet für ein Leben fern von Dörfern
und Feldern,
zunichte gemacht hat die ganze moralische Gewißheit

eines armen Mannes, geschaffen, um selbst Herr zu sein.
So war jetzt dieser Dialekt
ein teuflisches Ding.
Er war das Zentrum von tausend weiteren Widersprüchen.
Deren glühendster bestand in einer Tatsache, die nicht
eingestanden werden konnte:
denn er war geweiht durch den Druck
und die makellosen Seiten eines Gedichtbands,
dessen Verfasser der zwanzigjährige Sohn war.
Man konnte also nicht einmal mit der Prüfung beginnen,
da sie nicht eingestanden werden konnten,
jene Widersprüche, die so zu schwarzen Wolken wurden,
entsetzlichem Donner, Zeichen einer völligen Niederlage und
des Todes,
vor dem leuchtenden, stolzen Horizont eines kriegsgefangenen
Vaters.
Gut, am Ende des Krieges
kehrte er nach Italien zurück, mit diesem Büchlein friaulischer
Verse
im Koffer.
Heiliges Kleinod, Erinnerungsstück der Familie, Zeugnis auch
künftiger Größe.
Ich muß hinzufügen, daß mein Vater den Faschismus bejahte.
Und hier liegt der zweite Widerspruch, der öffentliche:
Der Faschismus duldete keine Dialekte, Zeichen
der unverwirklichten Einheit dieses Landes, in dem ich
geboren bin,
unzulässige und schamlose Wirklichkeit im Herzen der
Nationalisten.
Deshalb wurde mein Buch in den offiziellen Zeitschriften nicht
besprochen.
Und Gianfranco Contini mußte seine Rezension
(die größte literarische Freude meines Lebens)
an eine Zeitung in Lugano schicken.
Mit dem Ende des Faschismus begann das Ende meines Vaters.
Das mit dem Faschismus ist ein Alibi, mit dem ich auch meinen
Haß rechtfertige,
den ungerechten, gegen den armen Mann: und trotzdem muß
ich sagen, daß dieser Haß
auf schreckliche Weise gemischt ist mit Mitleid.

Nun da ich, unverdient, 44 Jahre alt bin,
etwa sein Alter zur Zeit meiner ersten Gedichte,
sehe ich ihn außerhalb meiner Geschichte,
in Ereignissen, die mir vollkommen fremd sind,
in denen ich ein objektiv schuldiger Held bin.
Denn ich *muß* daran erinnern,
daß mit der beginnenden Liebe zu meiner Mutter
es auch die Liebe zu ihm gab: und sinnlich.
Ich muß an meine kleinen Schritte eines dreijährigen Jungen
erinnern,
in einer kläglich verlorenen Stadt in den Bergen,
die schon ein bißchen nach Österreich aussah,
fast an den Quellen eines Flusses, dessen Name nach Museum,
Krieg
und Elend klingt,
ein blauer Fluß zwischen großen Kieseln am Fuß der Berge –
meine kleinen Schritte am Rand einer Straße,
unter einer Sonne, die nicht meinem Leben,
sondern dem meiner Eltern gehörte,
am Straßenrand, wo mein Vater, ein junger Mann,
stand und urinierte ...
Ich muß noch hinzufügen, um diese Geschichte zu beenden –
die herausfällt aus dem Rahmen meines Gedichts –
daß jene friaulischen Verse meine schönsten sind
(zusammen mit denen, die ich bis dreiundzwanzig, vierund-
zwanzig schrieb
und später veröffentlichte unter dem Titel »Die bessere
Jugend«,
zusammen auch mit den gleichzeitigen italienischen Versen,
entstanden aus der tiefen, friaulischen Elegie
eines Selbstzerstörers, Exhibitionisten und Onanisten,
unter Maulbeerbäumen und Reben, geschaut mit dem reinsten
Auge der Welt);
jene Verse heißen »Die Nachtigall der katholischen Kirche«,
und ihr »Falsett« (Fortini) ist immer noch eine schreckliche
und feine Musik, die mich, von da unten, bezaubert und rück-
wärts zieht.
Sonst kann ich nichts erzählen
von meinem Aufenthalt
in jenem Land der Gewitter und der Schlüsselblumen,

leicht östlich, an den kleinbürgerlichen Grenzen zu Österreich:
möglich, daß sich italienische Journalisten bemühen werden,
Faschisten
oder ganz einfach Antikommunisten.
Ich floh mit meiner Mutter, einem Koffer und ein wenig
Schmuck, der sich als falsch herausstellte,
im Zug, langsam wie ein Güterzug,
durch die friaulische Ebene, unter ihrer dünnen und harten
Schneeschicht.
Wir fuhren nach Rom.
Wir hatten also meinen Vater allein gelassen,
neben einem kleinen Ofen armer Leute,
mit seinem alten Militärmantel
und den entsetzlichen Ausbrüchen dessen, der an Zirrhosen
und Paranoiasyndromen leidet.
Ich lebte (...) diese Seite eines Romans, des einzigen in
meinem Leben:
im übrigen, was soll es,
lebte ich lyrisch wie jeder Besessene.
Unter meinen Manuskripten war auch mein erster Roman:
es war die Zeit von »Fahrraddiebe«
und die Literaten waren dabei, Italien zu entdecken.
(Jetzt bin ich kein Literat mehr,
ich meide die andern, habe nichts zu tun
mit ihren Preisen und Zeitschriften).
Wir kamen in Rom an
mit Hilfe eines sanften Onkels,
von dem ich etwas in meinem Blut habe:
ich lebte wie ein zum Tod Verurteilter leben kann,
immer *mit jenen Gedanken* wie eine Sache am Leib,
– Schande, Arbeitslosigkeit, Elend.
Es kam soweit, daß meine Mutter eine Zeitlang putzen gehn mußte.
Und ich werde von diesem Leid nie mehr gesund.
Denn ich bin ein Kleinbürger und kann nicht lächeln wie Mozart ...
In einem Film – er heißt »Große Vögel, kleine Vögel« –
habe ich – es ist wahr – ein komisches Opus versucht, höchster
Ehrgeiz eines Schriftstellers,
– aber es gelang mir nur zum Teil,
denn ich bin ein Kleinbürger
und neige dazu, alles zu dramatisieren.

Wie ich Marxist wurde?
Gut … ich ging zwischen weißen und blauen Frühlingsblumen,
die gleich nach den Primeln herauskommen,
– und kurz bevor die Akazien sich mit Blüten beladen,
die wie menschliches Fleisch riechen, das sich auflöst in der
sublimen Wärme
der schönsten Jahreszeit –
und ich schrieb am Rand kleiner Teiche,
die da unten, im Land meiner Mutter, »fonde« genannt werden,
mit einem jener unübersetzbaren Namen,
zusammen mit den Bauernjungen,
die ihr unschuldiges Bad nahmen
(denn sie standen ungerührt vor dem Leben,
während ich glaubte, sie wären bewußt was sie waren),
ich schrieb die Gedichte der »Nachtigall der katholischen
Kirche«:
das war 1943;
1945 »war dann alles anders«.
Diese Bauernsöhne waren ein bißchen größer geworden,
hatten sich eines Tages ein rotes Tuch um den Hals gebunden
und waren marschiert
in die Kreisstadt, mit ihren Toren
und ihren venezianischen Palästen.
So erfuhr ich, daß sie Tagelöhner waren,
und daß es also auch Herren gab.
Ich stand auf Seiten der Tagelöhner und las Marx.
(…)
Groß ist dein Geist, Amerika!
Doch größer noch wird er sein nach entzauberter Unschuld!
Ich liebe Ginsberg:
lange hatte ich nicht mehr eines Bruders Gedichte gelesen –
ich glaube, seit den Zeiten in jenem Land der Gewitter und der
Schlüsselblumen,
als ich die griechischen Gesänge des Tommaseo las und
Machado.
Kein Künstler ist frei, in keinem Land.
Er ist lebendiger Protest.
Pound geht ins Gefängnis wie Sinjawski und Daniel,
und Herr Lennon war überall anstößig, ich glaube auch bei
den Russen.

(…)
Was mich betrifft,
man glaubt nie einem Unschuldigen,
der im übrigen völlig damit beschäftigt ist, an einen blauen
Fluß zu denken zwischen großen Kieseln am Fuße der Berge,
der unter der Sonne der Eltern einströmt
in andere Leben,
in Leben mit anderen Erklärungen,
in eine andere Deutung des Lebens,
die auch nicht die der Träume ist,
wenn unser Leben nichts ist als ein Schatten
über unserem wahren Leben, das wir nicht kennen.
In Rom, von 1950 bis heute, August 1966,
tat ich nichts anderes als zu leiden und gierig zu arbeiten.
Ich war Lehrer, nach jenem Jahr ohne Arbeit, mit dem Leben
am Ende,
an einer Privatschule, für siebenundzwanzig Dollar im Monat:
inzwischen war mein Vater
uns nachgezogen
und wir sprachen nie von unserer, meiner und meiner Mutter
Flucht.
Eine normale Angelegenheit, ein Umzug in zwei Akten.
Wir wohnten in einem Haus ohne Dach und Verputz,
ein Haus armer Leute am äußersten Stadtrand, bei einem
Gefängnis.
Fußhoher Staub im Sommer, ein Sumpf im Winter.
Doch es war Italien, Italien, nackt und wimmelnd
mit seiner Jugend, seinen Frauen,
seinen »Gerüchen von Jasmin und armen Suppen«,
den Sonnenuntergängen über den Feldern am Aniene, den
Müllhalden:
und, was mich betrifft,
meinen unversehrten Träumen von Poesie.
Alles konnte, in der Poesie, eine Lösung finden.
Mir war, als ob Italien, seine Beschreibung und sein Schicksal,
abhingen von dem, was ich dazu schrieb,
in jenen Versen, gesättigt mit unmittelbarer Wirklichkeit,
nicht mehr nostalgisch, fast als hätte ich sie mit meinem
Schweiß verdient.
Sicher, es zählt auch in ihrer nackten Bedeutung

die wirtschaftliche Lage:
nicht ins Gewicht fiel mein Reichtum an Kultur und an Liebe,
viel gewichtiger war, daß ich an bestimmten Tagen
nicht einmal die hundert Lire hatte, um mich beim Friseur
rasieren zu lassen:
meine wirtschaftliche Lage, unsicher und wirr,
war damals, in vieler Hinsicht,
die der Leute, unter denen ich wohnte:
darin waren wir tatsächlich Brüder, oder zumindest gleich.
Darum, glaube ich, habe ich sie gut verstehen können.
Und um meine unübersetzbaren Romane zu verstehen,
lest das Vorwort von Oscar Lewis zu seinem Tonbandroman:
Es geht um dasselbe.
Auch die italienischen Bürger können also Rassisten sein.
Bisher hatten sie keine Gelegenheit dazu,
die erste kleine Gelegenheit,
meine Romane,
haben es ausgelöst.
Ich spürte, was ein Neger in Chicago spüren kann,
den Terror.
Doch ich vergesse schnell
und der ganze Terror
ist zu nur *einer Sache* geworden
über und an mir, eine besondere *Sache, jene Sache*
und so habe ich sie beiseite geschoben und innerlich gelitten:
ein Magengeschwür brach aus,
an dem ich sicher über kurz oder lang sterbe.
Ein schwerer Schlag für den unterbrochenen Traum meiner
Jugend!
Das italienische Bürgertum um mich herum ist ein Haufen
Mörder.
Ich erhoffe gewiß keine bessere Aufnahme vom amerikanischen.
In der Welt des Kapitals ist das Leben eine Wette,
die man gewinnt oder verliert:
Das ist der Mensch des bürgerlichen Laizismus.
Wer sich entblößt, bekennt oder die Lächerlichkeit nicht scheut,
endet übel: so ist das Gesetz.
Liebe Amerikaner, Nicht-Pazifisten, Nicht-Spiritualisten,
also riesige Mehrheit, die es nur gut meint,
euer Gott ist ein Idiot

wie jeder Durchschnittsbürger,
der sich sehnt aus ganzer Kraft und mit all seinem Geist,
so zu sein *wie* alle andern:
und wegen dieser verrückten Liebe zur Gleichheit haßt er sie.
Wer von euch hat geweint
über den jungen Griechen, zum Tode verurteilt
als Kriegsdienstverweigerer?
Macht eine kurze Gewissenserforschung:
wer diese Tränen nicht vergossen hat, ist ein Schwein.
(...)

Doch ich schreibe nur ein
bio-bibliografisches Gedicht, zurück zum Thema:
»Ragazzi di vita« und »Una vita violenta«
sind die Titel jener zwei Romane, an denen
der Haß der italienischen Rassisten sich verriet.
Geschrieben im Herzen der fünfziger Jahre.
Die Titel meiner gleichzeitig geschriebenen
Gedichtbände hingegen sind:
»Gramscis Asche«
»Die Religion meiner Zeit«
»Gedicht in Form einer Rose«.
In diesem letzten Band ist etwas zerbrochen:
vielleicht war es das mir unmittelbar noch nicht bekannte
Auftreten
der neuen amerikanischen Linken und das ferne Wirken von
Ginsberg.
In ihm habe ich falsch dem Engagement abgeschworen,
doch weil ich weiß, daß das Engagement unerläßlich ist,
und heute mehr denn je.
Und heute, sage ich euch, muß man sich nicht nur engagieren
im Schreiben,
sondern im Leben:
man muß aushalten als Ärgernis
und im Zorn, mehr denn je,
arglos wie Tiere im Schlachthof,
finster wie Opfer, genau so:
man muß den Bürgern lauter denn je
die Verachtung erklären, anschreien gegen ihre Primitivität,

spucken auf die Unwirklichkeit, die sie sich zur Wirklichkeit wählten,
in keinem Akt und keinem Wort ablassen
vom totalen Haß gegen sie und ihre Polizei,
ihre Justiz, ihr Fernsehen, ihre Presse:
und hier
möchte ich, Kleinbürger, der alles dramatisiert,
der von einer Mutter so gut erzogen wurde im sanften und schüchternen Atem
(...) der bäuerlichen Moral,
ein Lob weben
auf den Schmutz, das Elend, die Droge und den Selbstmord:
ich, ein privilegierter marxistischer Dichter,
der das ideologische Werkzeug besitzt und Waffen, um zu kämpfen,
und genug Moralgefühl, um den bloß anstößigen Akt zu verurteilen,
ich, zutiefst wohlerzogen,
mache dieses Loblied, weil Droge, Ekel, Wut,
Selbstmord,
zusammen mit der Religion, die einzige verbliebene Hoffnung sind:
reiner Protest und Tat,
Maß für das gewaltige Unrecht der Welt (...).
Es ist nicht nötig, daß ein Opfer weiß und spricht.
1960 habe ich dann meinen ersten Film gedreht, der,
wie gesagt, »Accattone« heißt.
Warum ich von der Literatur zum Film ging?
Unter den absehbaren Fragen eines Interviews kommt
diese Frage unvermeidlich, und sie ist es auch.
Ich antwortete also, daß ich die Technik ändern wollte,
daß ich eine neue Technik brauchte, um neues zu sagen,
oder, umgekehrt, daß ich immer das gleiche sage und deshalb
die Technik ändern mußte: je nach den Spielarten der Besessenheit.
Doch war ich nur zum Teil aufrichtig mit dieser Antwort:
das Wahre an ihr bezog sich auf das, was ich bisher gemacht hatte.
Dann merkte ich,
daß es sich nicht um eine literarische Technik handelte, fast der

gleichen Sprache zugehörig, in der man schreibt:
sondern daß sie selbst eine Sprache war...
Und dann nannte ich die dunklen Gründe,
die meine Entscheidung bestimmt hatten:
wie oft hatte ich zornig und ungestüm
gesagt, ich wolle auf meine italienische Nationalität verzichten!
Gut, indem ich die italienische Sprache aufgab und mit ihr
nach und nach die Literatur,
verzichtete ich auf meine Nationalität.
Ich sagte nein zu meiner kleinbürgerlichen Herkunft,
ließ alles hinter mir was italienisch klingt,
protestierte, naiv, indem ich mein Abschwören so
inszenierte, daß es im Augenblick der Demütigung und
Kastration
mich erhöhte. Doch war ich noch nicht ganz
aufrichtig.
Denn das Kino ist nicht nur eine linguistische Erfahrung,
sondern, weil linguistische Forschung, eine philosophische
Erfahrung.
Eines Tages ging ich, wie ein Fisch fern vom Netz,
in der trockenen Luft
eines Vorgebirges, das ohne eine Seele weit und breit, krank lag
im Blau,
und nun sage ich euch was mir passierte und wie die Sache
wirklich war.
Ich ging an jenem Tag auf einer trockenen Straße,
die Hände ebenso trocken und auch das Hirn, ich sage euch,
nur der Bauch war lebendig wie jenes Vorgebirge im nutzlosen
Blau.
Alle Mythen waren zerbrochen und zersetzt, doch auf dem
Vorgebirge zumindest
lebten noch welche.
Kurz, getrieben vom lebenden Bauch und meiner Kurz-
sichtigkeit
steuerte ich in der trockenen Sonne,
auf einem bißchen Asphalt,
zwischen ein paar noch sommerlichen Herbstbüschen,
ein Gehöft an, das allein lag in der Sonne,
mit den lebhaften Umrissen alter Wände, alter Pfähle, alter
Netze und alter Zäune, blau und weiß

– wir sind in Italien – wo die regengemischte Sonne süßlich
stank.
Drin ein finsterer Junge, mit Schürze (so erinnere ich mich)
und dem dichten
Haar einer Frau,
die Haut blaß und gestrafft, in den Augen die verrückte
Unschuld
eines halsstarrigen Heiligen, eines Sohnes, der wie seine gute
Mutter sein will.
Im Grunde – ich sah es sofort – ein armer Besessener:
dem Unwissenheit die herkömmliche Sicherheit gab,
indem sie seine leichenhafte Neurose zur Ordnung erstarren
ließ
eines gehorsamen Sohnes, der sich eins fühlt mit seinen Vätern.
Wie heißt du, was machst du, gehst du tanzen, hast du eine
Freundin,
verdienst du genug,
waren die Fragen mit denen ich meinen ersten Drang der alten
Libido des Mittags zügelte, wie ein getrockneter Fisch,
und ich trank ein Coca Cola.
Ihr habt mein Evangelium gesehen,
ihr habt die Gesichter meines Evangeliums gesehen.
Ich konnte mich nicht täuschen, denn manchmal mußten, bei
Dreharbeiten,
Entscheidungen fallen
in wenigen Minuten:
Ich habe mich nie getäuscht in Gesichtern,
in Gesichtern (...)
denn meine Libido und meine Schüchternheit
zwangen mich dazu, meinesgleichen genau zu kennen.
Ich erkannte sofort, in wenigen Minuten, auch ihn,
den elend von Dämonen Besessenen im sonnenbelagerten
Gehöft.
Der Winter kam
im Widerspruch zur überlebenden Sonne, (...) den Abenteuern,
der Winter kam
und war da in seinem Gesicht,
mit seinen Schatten, schweigsamen Häusern, mit seiner (...)
Keuschheit.
Ich zog mich zurück.

Doch nicht zeitig genug, daß er nicht gespürt hätte, wie eine
Frau,
den Schrecken vor dem Vater, der den Vätern nicht gleicht,
die für seinen Gehorsam die Welt verfaßt hatten.
Gut, irgend ein kleiner Vertreter des Staates
an jenem Vorgebirge, verlassen von den Menschen und bestürmt
von den hier einfallenden Bürgern aus Rom, der Norm
geweihten Idioten,
glaubte ihm.
Dann glaubte ihm ich weiß nicht was für ein Wachtmeister,
ein armselig weltliches Schicksal ins Gesicht gestampft.
Es glaubte ihm ein Untersuchungsrichter,
in dessen Augen der gleiche Ausdruck lag
der ziegenweißen, modernen Bauten jenes absurden Ortes,
an dem er tätig war.
Schließlich glaubte ihm der Vorsitzende des Gerichts,
das mich verurteilte,
rein formal, zu zwanzig oder dreißig Tagen Haft.
Der Junge mit der blassen Haut eines Heiligen hatte erzählt,
in seinen Laden sei ich getreten an jenem Tag der Sonne,
ein Räuber mit schwarzem Hut,
der sich ein Paar schwarze Handschuhe überstreifte,
die Pistole mit einer goldenen Kugel lud,
ihn aufforderte, sich zu ergeben,
und aus der Schublade etwa drei Dollar entwendete;
beim Gehen ihn dann bedrohte,
denn er, der Angegriffene, hatte ein Messer ergriffen, zu seiner
Verteidigung.
Ich habe euch das erzählt
in einem nicht poetischen Stil,
damit du mich nicht liest, wie man einen Dichter liest.
Dann gab es in Italien einen gewissen Salvatore Pagliuca,
Senator ich weiß nicht welcher Partei,
es gab ihn da unten, im Süden Carlo Levis, zwischen
ausgetrockneten
Dörfern unter der Sonne der Überschwemmungen,
wo herrliche Olivenbäume wachsen
und herrlicher Ginster.
Bar jeder Ahnung von Oliven und Ginster,
so wie ich keine Ahnung hatte von seiner Existenz,

sah dieser Herr Salvatore Pagliuca
meine Geschichte über Accattone und hörte,
daß ein Mohr mit blitzenden Zähnen, wild wie ein Wolf
mit kostbarem Tritt,
Salvatore Pagliuco hieß.
Er fühlte sich beleidigt, zeigte mich an, gewann den Prozeß
und erhielt viele Millionen Schadensersatz.
Ich habe dir das erzählt
in einem nicht poetischen Stil,
damit du mich nicht liest, wie man einen Dichter liest.
An einem Tag der ersten sechziger Jahre
(die Zeit in der all das geschah)
gab ich einem kleinen Kinokönig mit Namen Amato und seinem
Kumpan Amoroso
ein Drehbuch mit dem ländlichen Titel
»Weichkäse«.
Vielleicht habt ihr diesen meinen Film gesehen
vor ein paar Jahren auf dem Festival in New York.
In diesem Szenario,
geschrieben wie Schriftsteller schreiben,
gab es ein paar grobe Worte
und wenig Zartgefühl für die Religion der katholischen
Bourgeoisie
meines Landes.
Aus einem der vielen Gründe, die du als Filmkritiker gut kennst,
ging der Film baden, Loved starb
und Loving
hängte mir einen Prozeß an
und warf meinem Drehbuch vor,
es sei für ein Durchschnittspublikum zu schlüpfrig,
was ihn gehindert habe, seinen Film zu machen.
Das ist so, wie wenn Herr Crawther
Herrn Levin, auf dessen Aufforderung, ein Manuskript abliefert,
das zu schmalzig ist und höchstens für Schulmädchen taugt,
und Herr Levin, der es nicht gut findet,
aus Gründen, die nur ihn etwas angehen,
ihm einen Prozeß anhängt, weil der übertriebene Schmalz
des Drehbuchs von Crawther, dem sanften Crawther,
ihn gehindert habe, den Film, den er wollte, zu realisieren.
Ich verlor auch diesen Prozeß und soll ich weiß nicht wie viele

zig Millionen Herrn Loving bezahlen,
der ruiniert ist durch meine erste Fassung
eines für Durchschnittsitaliener ungeeigneten Drehbuchs.
(...)
Auch das habe ich dir erzählt
in einem unpoetischen Stil,
damit du mich nicht liest, wie man einen Dichter liest.
So verfiel meine Achtung vor der Poesie, typisch
für eine Kindheit, die an die Ewigkeit glaubt; Illusion,
die den Nationalismus nicht begräbt, weil sie, unbewußt, glaubt
(mit kindlicher Leidenschaft) an die Absolutheit
der Sprache einer Nation; ihres Lieds, der Musik
(was absolut absurd ist,
kaum hat man den Zoll hinter sich); Illusion,
die auch die Logik und den Klassizismus nicht begräbt
(ein elender Philologe kann zwischen Wort und Wort
– ein jedes isoliert und festgenagelt im Schweigen – den armen,
abgeschnittenen Diskurs rekonstruieren, bar
jeder Idee, jeder Religion, außer der eines letztlich
sehr wenig religiösen Kults der Poesie in der Literatur).
Aber nicht nur ging die Achtung
für jene Poesie verloren,
die der kleinen Geschichte meiner Zeit angehört,
(aus der ich, in sie eingezwängt,
kein einziges Gesicht herausfinden kann, und sei es das
fremdeste,
kein einziges Buch, und sei es das vergessenste),
sondern für die Poesie selbst. Sie also zählt nicht, nie.
Jedenfalls nicht aufgefaßt als Poesie.
Die Sprache der Tat, des Lebens, das sich darstellt,
ist so unendlich viel faszinierender!
Sie ist es, die auflebt – kaum hat man ihn geschlossen –
aus einem Gedichtband: sie ist *zuvor* und *danach*:
dazwischen liegt ein Ausdrucksmittel,
das sie hervorruft, das ist alles. Zauberwerk.
Nur die Liebe zu dieser Sprache des Nicht-Ich, die sich
gleichberechtigt, gleichstark ausdrückt wie das Ich,
gibt dem Dichter
Befähigung.
Doch der Beruf des Dichters als Dichter

wird immer bedeutungsloser. Ist es wirklich nötig,
jene lebendige Sprache in eine konventionelle einzufügen,
damit sie sich dann befreit und wieder wird, was sie ist,
lebendig, im Leser?
Kennt dieser das Zwiegespräch mit der Wirklichkeit nicht?
Besteht der bescheidene Wert des Dichters
darin, sie zu beschwören wie er sie sieht? Ist das ernsthaft?
Warum betrachtet er sie nicht schweigend,
– ein Heiliger und kein Literat?
Indes, was macht die Jugend
am Abend in ihren Provinzstädten
oder auch in den großen Metropolen,
anderes, als über Literatur zu sprechen?
Mit rebellischem Schritt auf den soeben entdeckten Straßen
voll von verborgenem Sinn und Geschichte?
Indem sie die Literaten entdeckt wie die Huren oder die
Geheimnisse
eines Stadtviertels, oder die Gewohnheiten eines sozialen
Lebens,
das nunmehr das ihre ist, während es noch den Vätern gehört
(die deshalb einen Krieg vorbereiten, um sie in den Tod zu
schicken)?

Wenn ich mich frage
im Licht der Augustsonne im verlassenen Manhattan (wie ich
euch sagte),
erfahre ich, daß ich,
(der nur durch die Literatur Dichter sein konnte)
kein Literat mehr bin.
Mein Schicksal ist,
an kurze Hügel zu erinnern, über einem Fluß, auch er
mit blauem, ganz durchsichtigem Wasser über kleinen Steinen,
im Kiesbett, ein Beinhaus bei Niedrigwasser, im traurigen
Grün zunächst, dann zwischen den Reben
(wirr im Sommer in feuchter, fast östlich verblaßter Stille)
der Hügel,
und schließlich zwischen trockengelegten Böden, deren
Duft genügt, um über zwei wilden Augen
und einem wild reinen Schoß in Ohnmacht zu fallen, in der

brennenden Lust zu sterben.
Auf jenen traurigen Hügeln – wahren Friedhöfen, ohne Blumen –
kämpfte man gegen Faschisten und Deutsche, und mein Bruder,
wie ich euch sagte, ließ dort seine neunzehn Jahre,
wie ein Falke, der eben erst flügge, schon so gut flog.
Was ihr, mit einem leicht ironischen, doch unsympathischen
Lächeln
(auf eurem krankhaften Gesicht voll falscher Sicherheit)
mit deutlicher Betonung »Engagement« nennt,
lebte fünfzehn Jahre lang
als Parasit vom Ruhm und vom Schmerz dieser Stätten.
Das heißt, es war nicht.
Jetzt erst beginnt es zu sein.
Jetzt, da die Friedhöfe ohne Blumen,
auch sie, ihre Blüte erleben.
Auch mein Freund Moravia hat Angst,
vielleicht aus Furcht, unpopulär zu werden,
wenn er das nicht verstehen will. Und mit ihm
und viel schlimmer als er (der geheimnisvoll einem
unbeirrbaren Wissensdrang folgt) alle andern,
die in Italien
den Namen und die Funktion eines »Literaten« haben.
Alle leugnen dieses Engagement in der stillschweigenden,
neurotischen Absicht, euch zu schmeicheln: die einen
zerknirscht,
die andern die Brust wie Huren gebläht.
Ich möchte nicht zurück zu diesen Hügeln,
weder als Tourist, noch als Besucher von Gräbern, das sei klar.
Auch ich, auch ich habe sie vergessen.
Und mit Grund! In ihrer Tat und in der Ideologie,
die ihr zugrunde lag wie die Form eines erhabenen
Katechismus,
lebte ich meine jugendliche Rebellion.
Da vielleicht übernahm ich
auch die untilgbaren Gewohnheiten
von Moral und Würde.
Aber ich kehre nicht zurück, zu diesen Orten, die da sind, doch
unsichtbar.
(...)
So weit will ich mich von meinen Gründen nicht rühren lassen,

das heißt von der Tatsache,
daß das »Engagement« nicht nur
nicht zu Ende ist, sondern jetzt erst beginnt.
Nie war Italien widerwärtiger.
Vor allem durch den Verrat der Intellektuellen,
durch diesen Revisionismus der kommunistischen Partei, ein
Wolf,
der dieses Mal *wirklich* ein Schaf ist – der Genosse
Longo hatte im »Spiegel« die einschmeichelnde Miene eines
Literaten,
der verzweifelt vorgibt, auf der Höhe der Zeit zu sein,
und so jede erneuernde Gewalt des Kommunismus von sich
weist:
ja, auch der Kommunist ist ein Bürger.
Das ist die rassische Verformung der Menschheit.
Sich gegen das alles zu engagieren bedeutet vielleicht
nicht engagiert schreiben,
sondern, meine ich, leben.
Was meine künftigen Werke betrifft, (...)
du wirst sehen (...) wie eines Tages ein junger Mann kommt
in ein schönes Haus,
wo ein Vater, eine Mutter, ein Sohn und eine Tochter
als reiche Leute leben, in einem Zustand ohne Selbstkritik,
als ob alles eins wäre, das Leben rein und einfach;
auch ein Dienstmädchen ist da (aus subproletarischen
Ländern); es kommt
der junge Mann,
schön wie ein Amerikaner,
und sogleich, als erste, verliebt sich das Dienstmädchen in ihn
und zieht ihre Röcke hoch. Er gibt ihr den sanften,
schweren Zorn seines Glieds. Dann verliebt sich
in ihn der Sohn; die beiden schlafen im Zimmer
des Jungen, mit den Resten der Kindheit; und auch dem Sohn
schenkt er sein Glied aus Seide, erwachsener und mächtiger;
und das gleiche Geschenk, willfährig und großzügig,
denn er ist es, der gibt, macht er der Mutter,
die seine Kleider anbetet, die Hose, das Hemd,
den Slip, was alles er in einem Chalet gelassen hatte
an einem heißen Sonntag, am Tyrrhenischen Meer;
und das gleiche Geschenk noch macht er dem Vater – und wird

Vater des Vaters, da er mit mütterlicher Zärtlichkeit zweideutig,
und, dem Namen nach, Vater –
dem Vater, der in der Frühe aufwacht
von einem Schmerz, der ihn durchschneidet,
am Bauch, als er aufsteht, um ins Bad zu gehen,
und die stumme Schönheit der Morgenstunde entdeckt,
mit der schon blendenden Sonne, ... und seine Liebe entdeckt
mit der gleichen Verwunderung,
mit der er jene Sonne entdeckt hat:
eine Liebe, wie die des Ilja Iljitsch für seinen jungen,
bäuerlichen Diener; doch bewußt und dramatisch,
denn er, der alte Industrielle mit dem Gesicht
von Orson Welles, ist ein Kleinbürger, der alles dramatisiert.
Die gleiche Gabe des Glieds, in den Stunden
der Krankheit des Vaters – und noch vor dem Vater –
macht er der vierzehnjährigen Tochter, die verliebt ist
in ihren Vater und ihn entdeckt, den jungen Mann, der ganz
Liebe,
ihn entdeckt, eben, durch die verliebten Augen des Vaters. Dann
geht der junge Mann fort:
die Straße an deren Ende er verschwindet
bleibt verlassen für immer.
Und jeder, in der Erwartung, im Erinnern,
wie der Jünger eines nicht gekreuzigten, doch verlorenen
Christus,
hat sein Schicksal.
Es ist ein Theorem:
und jedes Schicksal ist eine Folgerung.
Die Schicksale sind die, die du kennst,
die einer Welt, wo wir, du mit deinem unsympathischen
Lächeln des Antikommunisten und ich mit meinem anti-
bürgerlichen
kindlichen Haß, Brüder sind:
wir wissen Bescheid!
Wie eine Angstneurose zupackt
und wie ein kleines weibliches Opfer von vierzehn Jahren
im Bett einer Klinik endet,
die Finger so fest geschlossen, daß nicht einmal ein Skalpell
sie lösen könnte;
wie ein Junge mit sich selbst spricht wie ein Verrückter,

malt und neue Techniken erfindet,
bis er ein
Giacometti, ein Bacon wird,
mit seiner Schaustellung figurativer Gespenster,
tragische Symbole der Welt in einem kranken Geist,
schlecht riechende, erbärmliche Flecken des Übels; wie
eine Frau in mittleren Jahren, noch schön und gepflegt,
den Christus der Kirche nicht vergessen kann
und zugleich, einmal verloren,
nicht widerstehn kann dem Wunsch, sich zu verlieren, erneut,
und so zwischen leichten Jungen und christlichen Ängsten lebt;
und wie schließlich ein Vater,
der das Leben mit Besitz verwechselt hatte,
einmal besessen,
das Leben verliert, es wegwirft: also seinen Besitz verschenkt
– eine Fabrik am Rande der Großstadt –
an seine Arbeiter; und sich in der Wüste verliert,
wie die Juden.
Bei allen eine Gewissensfrage.
Die Dienstmagd aber wird eine verrückte Heilige,
geht zurück in den Hof ihres alten, subproletarischen Hauses,
schweigt, betet, tut Wunder,
heilt Leute,
ißt nur Brennesseln, bis ihr die Haare grünen,
und läßt schließlich, um zu sterben,
sich weinend von einem Bagger begraben,
und ihre Tränen, dem Schlamm entspringend,
werden zur wunderwirkenden Quelle.
Vor dem Vater und vor der Mutter,
im irdischen Paradies, war ein Erster Vater,
in dessen Vertrautheit wir, zuerst, gelebt haben.
Doch dann war die Liebe der Mutter von Bedeutung,
mit der wir uns identifiziert haben,
denn wir können nicht leben
ohne uns mit jemand zu identifizieren. Wir können uns also keine
Liebe vorstellen ohne mütterliche Zärtlichkeit.
So hat jener erste Vater die Zärtlichkeit der Mutter.
Doch in einer bürgerlichen Familie
kann er nur noch
moralische Dramen entfesseln.

Die Religion, die Religion der direkten Beziehung zu Gott,
gehört noch zur Welt, die der bürgerlichen vorausgeht.
Die Arbeiter stehen da und schauen zu.

(...)
Ich verschweige, mein Freund, was ich in Standliedern, Episoden
und Chören, anstelle von Überblendungen,
schreiben werde über das Schweigen des Pylades,
das Revolte wird
und Verrat
am Freund der sinnlichen Jugend, mit stehendem Glied,
Orestes, der sozialistische Prinz,
und wie einige Furien aus der Art schlagen, nachdem sie geläutert,
sich abgesondert hatten auf festlichen, im Himmel himmelhoch sich verlierenden Bergen:
die Rückkehr dieser, in den alten Zustand zurückgefallenen Furien,
in die Stadt, die sich befreit hatte von ihnen und von der Monarchie;
die Regression der Elektra,
Tochter sie, die den Vater König liebte und nun faschistisch wird,
wie man faschistisch ist im dumpfen Beklagen eines Makels im Stammbaum;
die Flucht des Pylades in die Berge der Furien, die zu Eumeniden geworden,
zu Göttinnen der Partisanen
und der jähen Liebe, die einen Partisanen an den andern bindet,
die Vorbereitung des Kampfes
und die Rückkehr an der Spitze einer irregulären Armee,
– das geheimnisvolle Heer aus den Bergen;
das Bündnis der faschistischen Elektra mit dem liberalen Orest,
der Reformen begünstigt
in der reich gewordenen Stadt;
das Eingreifen Athenes,
die Elektra und Orest beschützt, die Kinder der Vernunft
und sie vereint und zum Schweigen bringt das Geheul
der uralten Furien, die durch die neue Stadt irren;

die Unsicherheit des Pylades
gegenüber der reich gewordenen Stadt,
die ihn nicht mehr braucht;
seine Begegnung
in der Nacht, am Vorabend der Schlacht,
mit dem alten Freund seiner Jugend,
der jung geblieben,
schön, wie zur Zeit ihrer ersten Liebe,
als ihnen die Frauen noch unbekannt waren;
sie lassen sich gehen in Reden über die Liebe und die Seele,
die nichts mit der Wirklichkeit des Augenblicks zu tun haben,
und sie vereinen;
und schließlich, die Einsamkeit des Pylades
am Ende der Nacht,
der vor Tagesanbruch sich doch wird entscheiden müssen.
Und dann, glaubst du,
daß man einen Traum haben kann, ohne sich an ihn zu erinnern,
und daß dieser Traum das Leben verändert?
Glaubst du, daß ein Vater einen Traum haben kann, in dem
er sich selbst sieht, wie er seinen Sohn liebt,
ich weiß nicht in welcher Eigenschaft,
ob als Junge des Vaters oder eines Fremden,
der Vater ist des Vaters (ein Junge),
oder als Identifikation mit der eigenen Mutter ... Keiner,
auch ich nicht, wird je diesen Traum kennen.
Aber durch ihn wird das ganze Leben des Vaters verändert.
Erinnerst du dich an Herakles,
der den Sohn bittet, alle Gefährten zu rufen,
die stärksten, um ihn auf den Schultern zu tragen
auf die Spitze des Berges, nahe der Stadt,
auf den Berg der Stadt,
das Ziel von Wallfahrten und Abenteuern der Jugend,
wie in den vorindustriellen Welten?
Und daß, oben angekommen, der Sohn und die anderen Jungen,
ihm den Scheiterhaufen bereiten sollten,
um ihn sterben zu lassen?
Tritt ein in jenen Traum, wenn du Vater bist.
Du, Vater, der womöglich unschuldig, Komplize bist
der Väter,
die sich von den Söhnen befreien wollen

und sie zum Sterben in Kriege schicken, die geführt werden
an den Orten der Alibis, dem fernen Osten der Geschichte.
Hier will, einmal,
der Vater nicht den Tod, sondern die Liebe des Sohnes.
Er wird Sohn und im Sohn, dem Jungen, sieht er vielleicht den
Vater,
und liebt ihn, will ihn nicht töten, sondern getötet werden,
ihn nicht besitzen, sondern besessen werden von ihm.
Ja, es ist aber ein bürgerlicher Vater, Mensch unserer Welt,
der eine Fabrik hat in der Brianza, am Fuße der Berge (festlich
im Himmel
himmelhoch sich verlierend):
wie kann er die Folgen dieses Traums annehmen, an den er
sich im übrigen nicht erinnert?
Er nimmt sie an, indem er sie verdreht. Wissend und nicht
wissend.
Er läßt sich vom Sohn überraschen, nackt auf der Mutter.
Vorwände sucht er, um den Sohn zu verletzen,
also, sich verletzen zu lassen.
Er greift den Sohn an,
um ihn an sich zu ziehen,
um Zentrum seines Lebens zu sein.
Bis der Sohn, der leichte, mozartsche Sohn,
Pazifist und Kriegsdienstverweigerer, weggeht
aus dem reichen Haus,
nach einer Liebeserklärung des irre redenden Vaters.
Der Junge wird ihn nicht hassen – sage ich dir –
(eine neue Jugend, so viel besser als wir),
und, wenn er gekonnt hätte,
hätte er dem bettelnden Vater sein ganzes Gold gegeben,
hätte ihn besessen, wie ein Junge aus dem Volk den
besitzt, für ein paar Dollar, der nicht die Kraft hat, Mann
zu sein und ihn anfleht wie einen Retter …
Er geht weg, auf den Straßen der Welt,
mit einem Mädchen,
das nur eine Hure ist, und einem Freund:
und man wird nie wissen, wem seine Liebe gilt,
obwohl er, sicherlich, sein Gold versenkt
im Schoß des Mädchens.
Der Vater kommt, spioniert, findet ihn, besticht das Mädchen

und schaut hinter der Türe ihrer Liebe zu,
entdeckt, was der Sohn
ohne Geheimnis hat, wie jeder es hat,
und doch ist es bei ihm »entsetzlich unerträgliches Geheimnis«.
Nicht leben kann der Vater, nachdem er diese Liebe gesehen,
er tritt ein und trifft tödlich den Sohn,
der weinend entschwindet, das Leben grüßend,
aus dem Zimmer des Koitus, der einer war unter den tausenden
seines Lebens.
Er stirbt. Und über den Toten beugt sich der Vater und knöpft
die offenen Hosen zu über dem unbefleckten Glanz des Hemdes.
Nach vielen Jahren führt der Vater, wie in einem Groschen-
roman,
den Traum seines Lebens zu Ende
träumend auf dem Damm eines Bahnhofs,
wie in einem Vers von Ginsberg.
Das ist es.
Das ist es, was ich schreiben will,
das Werk meines künftigen Lebens – aber auch des vergangenen
– und gegenwärtigen.
Du weißt, jedenfalls habe ich es dir gesagt älterer Freund, Vater,
etwas eingeschüchtert vom Sohn, Gast
fremder Zunge, stark, von bescheidener Herkunft,
daß das Leben nichts wert ist.
Darum möchte ich nur leben,
obgleich ich Dichter bin,
denn das Leben drückt sich auch allein durch sich selbst aus.
Ich möchte mich durch Beispiele ausdrücken.
Meinen Körper in den Kampf werfen.
Doch wie die Taten des Lebens Ausdruck sind,
ist auch der Ausdruck Tat.
Nicht mein Ausdruck eines resignierenden Dichters,
der nur Dinge nennt,
und die Sprache benutzt wie du, als armes, direktes Werkzeug;
sondern der von den Dingen abgehobene Ausdruck,
Zeichen, die zu Musik werden,
gesungene, dunkle Poesie,
die nichts ausdrückt als sich selbst,
in der barbarischen, kostbaren Vorstellung, sie sei geheimnis-
voller Klang

in den armen, mündlichen Zeichen einer Sprache.
Ich habe sie meinen Gleichaltrigen überlassen und auch den Jüngeren,
diese barbarische, kostbare Illusion: und spreche roh zu dir.
Und da ich nicht zurück und
eine barbarische Jugend vortäuschen kann,
die glaubt, ihre Sprache sei die einzige Sprache der Welt,
und in ihren Silben Mysterien der Musik hört,
vernehmbar nur Menschen des gleichen Landes, ihr gleichend im
Charakter und literarischen Wahnsinn
– bin ich als Dichter künftig Dichter von Dingen.
Die Taten des Lebens werden nur mitgeteilt werden,
und sie selbst sind die Poesie,
denn, ich wiederhole, es gibt keine Poesie außer der realen Tat
(du zitterst nur dann, wenn du sie
in Versen oder in Prosa wiederfindest
und wenn ihre Beschwörung vollkommen ist).
Ich tue es nicht mit Freude.
Ich werde immer jene Poesie beweinen,
die selbst Tat ist, abgehoben von den Dingen,
in ihrer Musik, die nichts ausdrückt
als die eigene, trockene, erhabene Leidenschaft für sich selbst.
Nun gut, ich gestehe dir, bevor ich dich verlasse,
daß ich Musik schreiben möchte,
mit Instrumenten leben möchte,
im Turm von Viterbo, den ich nicht kaufen kann,
in der schönsten Landschaft der Welt, wo Ariost
außer sich wäre vor Freude beim Anblick der wiedererstandenen
Unschuld von Eichen, Hügeln, Gewässern und Schluchten,
daß ich dort Musik schreiben möchte,
die einzige Tat des Ausdrucks
vielleicht, erhaben und unerklärlich wie die Taten der Wirklichkeit.

EINE VERZWEIFELTE VITALITÄT

1

Niederschrift der Vorgeschichte im »Diskurs« des gängigen »Jargons«: Fiumicino, das alte Kastell und eine erste, wahre Vorstellung vom Tod.

Wie in einem Film von Godard: allein
in einem Auto, in rascher Fahrt auf den Autobahnen
des mediterranen Neokapitalismus – zurück vom Flugplatz –
(dort blieb Moravia, makellos, zwischen seinen Koffern),
        allein »am Steuer seines Alfa Romeo«,
                unter einer Sonne, die man, außer in elegischen
                Reimen, nicht beschreiben kann, denn sie ist himmlisch
                – die schönste Sonne des Jahres –
wie in einem Film von Godard:
                unter dieser Sonne, die sich reglos die Adern öffnete,
                einzig,
        der Kanal des Hafens von Fiumicino
        – ein Boot mit Motor, das unbeachtet zurückkam
        – die neapolitanischen Matrosen in wollenen Lumpen
        – ein Autounfall, mit ein paar Leuten herum …

– wie in einem Film von Godard – Neuentdeckung
des Romantizismus auf dem Boden
von neokapitalistischem Zynismus, und Grausamkeit –
am Steuer
auf der Straße von Fiumicino,
und da das Kastell (welch süßes
Geheimnis für den französischen Drehbuchautor,
in der aufgewühlten endlosen, epochalen Sonne,

dieses päpstliche Untier, mit seinen Zinnen,
über den Hecken und Baumreihen des häßlichen Lands
unfreier Bauern) …

– ich bin wie eine Katze, lebendig verbrannt,
vom Reifen eines Lastzugs zermalmt,
von Halbwüchsigen aufgehängt an einem Feigenbaum,

aber immer noch mindestens mit sechs
ihrer sieben Leben,
wie eine Schlange, die nur noch ein Klumpen Blut,
ein Aal, halb zerfressen

– die Wangen hohl unter den erschlagenen Augen,
die Haare furchtbar gelichtet auf dem Schädel,
die Arme abgemagert wie die eines Kindes
– eine Katze, die nicht verreckt, Belmondo,
der »am Steuer seines Alfa Romeo«
in der Logik der selbstgefälligen Montage
sich aus der Zeit löst und einfügt
Sich selbst:
in Bildern, die nichts zu tun haben
mit der Langeweile sich reihender Stunden …
mit dem langsamen Todesglanz des Nachmittags …

Der Tod liegt nicht
im Sich-nicht-mitteilen-können,
sondern im Nicht-mehr-verstanden-werden-können.

Und dieses päpstliche Untier, nicht ohne
Anmut – Erinnerung
an ländlich herrschaftliche Privilegien,
unschuldig im Grunde wie die unschuldige
Resignation der Knechte –
in der Sonne, die
in den Jahrhunderten,
an Tausenden Mittagen,
hier der einzige Gast war,

dieses päpstliche Untier, zinnenbewehrt,
geduckt zwischen den Pappelgruppen der Maremmen,
Melonenfeldern, Dämmen,

dieses päpstliche Untier, gepanzert
mit Pfeilern in der milden orangenen Farbe
Roms, rissig wie
etruskische oder römische Bauten,

ist dabei, nicht mehr verstanden zu werden.

2

Ohne Überblendung,
mit einem harten Schnitt,
zeige ich mich in einem
– historisch ganz neuen –
Akt der »Kulturindustrie«.

Ich, freiwillig gemartert ... und,
sie gegenüber, auf dem Sofa:
Schuß und Gegenschuß, in raschen Flashes,
»Sie – ich weiß, was sie denkt, wenn sie mich anschaut,
im heimisch-italischen Halbnah,
immer wie bei Godard – Sie, eine Art Tennessee!«
Die Kobra, im leichten Wollpullover
(mit dem untergeordneten Kobra,
der schweigend Magnesium schleckt).
Dann laut: »Sagen Sie mir, was Sie gerade schreiben?«

»Verse, Verse schreibe ich! Verse!
(Verfluchte Gans,
Verse, die sie, bar jeder Kenntnis
von Metrik, nicht versteht! Verse!)
Verse NICHT MEHR IN TERZINEN!

Verstehen Sie?
Darauf kommt es an: nicht mehr in Terzinen!
Ich bin tout court zum Magma zurückgekehrt!
Der Neokapitalismus hat gesiegt, ich sitze
auf der Straße
als Dichter, ach (ein Schluchzen)
und als Bürger (noch ein Schluchzen).«
Und die Kobra mit dem Kugelschreiber:
»Der Titel Ihres Werkes?« »Ich weiß nicht ...
[Er spricht nun im Unterton, wie eingeschüchtert, in der Rolle,
die ihn das Gespräch, das er akzeptiert hat, zu spielen
zwingt: wie rasch
sich sein Schneid
verfärbt wie

die Schnauze eines todgeweihten Jungtiers]
– vielleicht ... ›Die Verfolgung‹
oder ... ›Eine neue Vorgeschichte‹ (oder Prähistorie)
oder ...
[und jetzt bäumt er sich auf, gewinnt
die Würde des zivilen Hasses]
›Monolog über die Juden‹ ...
[der Diskurs
fällt schwach wie die Hebung
des unregelmäßigen Achtsilbners: magmatisch!]«
»Und wovon handelt es?«
»Hm, von meinem ... von Ihrem – Tod.
Nicht im Nicht-sich-mitteilen liegt er [der Tod],
sondern im Nicht-verstanden-werden ...

(Wenn die Kobra wüßte,
daß das ein schwacher Einfall
war auf dem Rückweg von Fiumicino!)
Es sind fast ausschließlich lyrische Texte, deren Komposition
von Zeit und Ort,
seltsam!, in einer Autofahrt besteht ...
Meditationen bei 60 bis 120 Stundenkilometern ...
mit raschen Schwenks und Fahrten
hin zu oder vorbei an
bedeutsamen Monumenten oder
Personengruppen, die Ansporn sind
einer objektiven Liebe ... als Bürger
(oder Verkehrsteilnehmer) ...«

»Ach so, ach so – [die Kobra mit dem Kugelschreiber lacht] –
und ...
wer ist's, der *nicht versteht*?«
»Die, die uns nicht mehr angehören«.

Die, die uns nicht mehr angehören!
Fortgerissen von einem neuen Wind der Geschichte
zu anderen Leben, in ihrer unschuldigen Jugend!

Ich erinnere mich, es war ... wegen einer Liebe,
die in meine kastanienfarbenen Augen und ehrbaren Hosen
drang,
in das Haus und das Land, die Sonne am Morgen und die

des Abends ... an den guten Samstagen
in Friaul, an den ... Sonntagen ... Ach!, ich kann es
nicht einmal aussprechen dieses Wort der jungfräulichen

Leidenschaften, meines Todes (den ich sah in einem
ausgetrockneten Graben, der vor Primeln wimmelte,
zwischen golderschlagenen Reben, hinter

Gehöften, die sich dunkel abhoben von einem erhabenen Blau).

Ich erinnere mich, daß ich in jener monströsen Liebe
so weit kam, vor Schmerz zu schreien
über die Sonntage, an denen glänzen wird

»über den Söhnen der Söhne die Sonne«!

Ich weinte im armseligen Bett von Casarsa,
im Zimmer, das nach Urin und Wäsche roch,
an jenen Sonntagen im Todesglanz ...

Unglaubliche Tränen! Nicht nur
über was ich verlor, in jenem Augenblick
ergreifender Unbeweglichkeit des Glanzes,

sondern über was ich verlieren würde! Wenn
eine neue Jugend – die ich mir nicht vorstellen konnte,
so der gleich, die damals gekleidet war

in weiße Strümpfe und englische Jacken,
mit der Blume im Knopfloch – oder in die dunklen Stoffe
der Hochzeiten, getragen mit der Freundlichkeit der Söhne

– das Casarsa der künftigen Leben bevölkert,
unverändert mit seinen Steinen und seiner Sonne,
die es mit sterbendem, goldenem Wasser bedeckt...

In einem epileptischen Anfall mörderischen
Schmerzes protestierte ich
wie ein lebenslänglich Verurteilter und schloß
mich in mein Zimmer,
ohne daß jemand es wußte,
um zu schreien, den Mund
gestopft mit den geschwärzten,
vom Bügeln angesengten Decken,
den guten Decken der Familie,
auf denen ich die Blüten meiner Jugend verbarg.

Und eines Nachmittags oder Abends lief ich
schreiend
auf den sonntäglichen Straßen, nach dem Fußballspiel,
zum alten Friedhof, dort hinter der Bahn,
um wieder und wieder bis aufs Blut
den süßesten Akt des Lebens zu vollziehn,
ganz allein, auf dem Erdhaufen
der zwei oder drei Gräber
italienischer oder deutscher Soldaten,
die ohne Namen auf dem Balkenkreuz
– hier liegen aus dem vorigen Krieg.

Und nachts dann, unter den trockenen Tränen,
kamen die blutenden Körper jener armen Unbekannten
in ihrem graugrünen Zeug

in Trauben über mein Bett,
wo ich nackt und entleert schlief,
und beschmutzten mich mit Blut bis zur Morgenröte.

Ich war zwanzig, nein – achtzehn,
neunzehn ... und schon ein Jahrhundert war vergangen,
seit ich lebte, ein ganzes Leben

verzehrt im Schmerz der Vorstellung,
daß ich meine Liebe nur geben könnte
meiner Hand oder dem Gras in den Gräben,

wohl auch dem Erdreich eines verlassenen Grabes ...
Zwanzig Jahre, und in ihrer Geschichte und ihrem Zyklus
von Gedichten war ein Leben beschlossen.

4

*Wiederaufnahme des Interviews
und verworrene Erklärungen zur
Funktion des Marxismus usw.*

(Ach, nur zu Besuch auf der Welt bin ich!)

Doch zurück zur Wirklichkeit.

[Sie sitzt da, mit einem sichtlich beunruhigten, doch durch gute Erziehung gemilderten Ausdruck, und wartet, in einer »grauen« Einstellung, nach allen Regeln des französischen Klassizismus. Ein Léger.]

»Also was ist Ihrer Ansicht nach – sagt sie
zurückhaltend und kaut an ihrem Kugelschreiber – die
Funktion des Marxisten?« Und sie beginnt zu notieren.

»Mit ... dem Feingefühl eines Bakteriologen ... würde ich
sagen
[ich stottere, unter Todeswallungen],
Massen napoleonischer, stalinscher Heere bewegen ...
mit Milliarden an Zubehör ...

derart, daß ...
die Masse, die sich konservativ nennt
[im Namen der Vergangenheit], diese verliert:
und die revolutionäre Masse sie gewinnt,
sie wieder aufbauend im Sieg über sie ...
Aus dem Instinkt des Bewahrens
bin ich Kommunist!
Eine Bewegung,
von der Leben und Tod abhängen: in den Jahrhunderten.
Ganz, ganz langsam, wie wenn
ein Sprengmeister die Sicherung
einer nicht explodierten Bombe abschraubt und,
für einen Augenblick, in der Welt bleiben kann
(inmitten ihrer modernen Wohnblocks im Sonnenlicht)
oder ausgelöscht wird für immer:

unfaßbar das Mißverhältnis
der beiden Möglichkeiten!
Eine Bewegung,
die man ganz langsam machen muß, indem man den Hals streckt,
sich bückt, auf dem Bauch kriecht,
sich in die Lippen beißt oder die Augen zukneift
wie ein Bocciaspieler,
der, sich hin und her wiegend, den Lauf der Kugel
zu beherrschen und so zu berichtigen sucht,
daß seine Lösung
Ansatz wird für das Leben in den Jahrhunderten.«

5

Das Leben in den Jahrhunderten …
Daran erinnerte
also gestern abend …
jener ferne Zug, erstarrt im kurzen
Segment seines Stöhnens …

Jener trostlos stöhnende
Zug, wie verwundert, daß es ihn gäbe
(und gleichzeitig resigniert – denn jeder Akt
des Lebens ist ein Segment, Teil einer Linie, die
das Leben selbst ist und deutlich wird nur im Traum).
Es stöhnte der Zug, und der Akt des Stöhnens
– undenkbar weit, hinter all den Appischen Straßen
und den Centocelle der Welt –
vereinte sich mit einem anderen Akt: zufällige Union,
monströs, überspannt
und so privat,
daß erst hinter der Linie meiner vielleicht geschlossenen
Augen möglich ist, sie zu erkennen …

Mein Akt ist Liebe. Doch ist er verloren im Elend
eines nur durch ein Wunder gewährten Körpers,
in der Mühe des sich Verbergens, im Keuchen
entlang einer düsteren Bahnlinie, im Stampfen
durch den Schlamm eines von Giganten bestellten Landes …

Das Leben in den Jahrhunderten …
wie ein fallender Stern
hinter dem Himmel der gigantischen Ruinen,
hinter den Besitzungen der Caetani oder Torlonia,
hinter den Tuscolanischen Straßen und Capannelle der Welt –
sagte jenes mechanische Stöhnen:
das Leben in den Jahrhunderten …

Und meine Sinne waren da, es anzuhören.

Ich liebkoste einen zerzausten, staubigen Kopf,
blond, wie man ihn im Leben braucht,
geformt, wie das Schicksal es will,
und einen Körper, behend und zart wie ein junges Pferd,
mit dem rauhen Leinen der Kleider, die nach Mutter
schmecken:
Ich vollzog einen Liebesakt,
doch meine Sinne waren dabei, es anzuhören:

das Leben in den Jahrhunderten …

Dann verschwand der blonde Kopf des Schicksals
durch einen Spalt,
im Spalt war der weiße Himmel der Nacht,
bis an diesem Fetzen Himmel eine andere
Frisur sich abzeichnete, ein anderer Nacken,
vielleicht schwarz oder kastanienfarben: und hier,
in der verlorenen Höhle im Herz der Ländereien
der Caetani oder der Torlonia,
zwischen den von Giganten des 17. Jahrhunderts gebauten
Ruinen,
in den unermeßlichen Tagen des Karneval, war
ich da mit den Sinnen, um zu hören …

das Leben in den Jahrhunderten …

Mehrmals im Spalt vor dem Weiß
der Nacht, die sich verlor,
hinter den Casilinischen Straßen der Welt,
tauchte auf und verschwand der Kopf des Schicksals,
mit der Sanftheit mal der südlichen Mutter
mal des trunksüchtigen Vaters, immer das gleiche
Köpfchen, zerzaust und staubig oder schon
aufgemacht mit der jugendlichen Eitelkeit des Volks:
und ich
war da mit den Sinnen und hörte

die Stimme einer anderen Liebe
– das Leben in den Jahrhunderten –,
die ganz rein in den Himmel stieg.

6

Ein faschistischer Sieg

Sie schaut mich an. Ich tue ihr leid.
»So... sind Sie also... – [ein mondänes Lächeln, das den Genuß
liebt und ihn kennt und das Einnehmende
hervorkehrt – flammende Augen und Zähne –
mit einem leichten Anflug unschlüssiger, kindlicher
Selbstverleugnung] – dann sind Sie also sehr unglücklich!«

»Hm (ich muß zugeben),
ich bin etwas verwirrt, Signorina.
Beim Wiederlesen meines maschinengeschriebenen
Gedichtbands (von dem wir hier reden)
hatte ich die Vision... ach, wäre es
nur ein Chaos von Widersprüchen – wie
beruhigend sind Widersprüche... nein, es war die Vision
einer verwirrten Seele...

Jedes falsche Gefühl
erzeugt die absolute Sicherheit, es zu fühlen.
Mein falsches Gefühl war das...
der Gesundheit. Seltsam! Während ich es Ihnen sage
– was Sie per Definition nicht verstehen können,
mit diesem Puppengesicht ohne Lippen –,
verifiziere ich gerade mit klinischer Klarheit
die Tatsache,
daß ich nie auch nur irgendeine Klarheit gehabt habe.
Es ist richtig, manchmal genügt,
um gesund zu sein (und klar),
der Glaube, es zu sein... Jedenfalls
(notieren Sie, notieren Sie) ist meine gegenwärtige
Verwirrung die Folge
eines faschistischen Sieges.
    [erneut unkontrollierte, vertraute
    Todeswallungen].

Ein kleiner, zweitrangiger Sieg.
Auch leicht. Ich war allein:

mit meinen Knochen, einer schüchternen, verschreckten
Mutter und mit meinem Willen.

Das Ziel war, einen Gedemütigten zu demütigen.
Ich muß sagen, es ist ihnen gelungen,
und ohne große Anstrengung. Vielleicht
hätten sie sich weniger und weniger zahlreich bemüht,
hätten sie gewußt, wie einfach es war!

(Ach, ich spreche, sehen Sie, im unbestimmten Plural: sie!,
mit der Liebe des Verrückten, der seinem Unheil zuzwinkert.)

Die Ergebnisse dieses Sieges schließlich
sind, auch sie, unerheblich: eine bekannte
Unterschrift weniger unter den Friedensappellen.
Hm, *a parte obiecti,* ist das nicht viel.
A parte subiecti... Doch lassen wir das:
zu oft schon beschrieb ich,
doch nie im Gespräch,
meine Schmerzen eines getretenen Wurms,
der seinen Kopf hebt und krampfhaft zuckt
mit widerlicher Naivität usw.

Ein faschistischer Sieg!
Schreiben Sie, schreiben Sie: mögen (*sie!*) wissen, daß ich es
weiß:

mit dem Bewußtsein eines verwundeten Vogels,
der sanft stirbt und nicht verzeiht.«

7

Er verzeiht nicht!

Es war eine Seele unter denen, die noch
ins Leben hinuntersteigen mußten
– viele sind es, alle gleich, arme Seelen –,
eine Seele, der im Licht ihrer kastanienfarbenen Augen,
im bescheidenen Haarschopf, gekämmt nach der mütterlichen
Vorstellung männlicher Schönheit,
der Wunsch brannte zu sterben.

Es sah sie sofort derjenige,
der nicht verzeiht.

Er nahm sie, rief sie nah zu sich,
und wie ein Handwerker
da oben in den Welten, die dem Leben vorhergehen,
legte er ihr die Hände aufs Haupt
und sprach den Fluch aus.

Es war eine makellos reine Seele,
wie ein kleiner Junge bei der Erstkommunion,
klug in der Klugheit seiner zehn Jahre,
weißgekleidet, in einem Anzug,
der der mütterlichen Vorstellung männlicher Anmut entsprach,
mit dem Wunsch zu sterben in seinen kraftlosen Augen.

Ach, sofort sah sie derjenige,
der nicht verzeiht.

Er sah die unendliche Fähigkeit zu gehorchen
und die unendliche Fähigkeit zur Rebellion:
er rief sie zu sich und vollzog über ihr
– die ihn vertrauensvoll ansah,
wie ein Lamm seinen gerechten Schlächter ansieht –
die Verkehrung der Weihe, während
in seinen Blick das Licht
fiel und ein Schatten des Erbarmens stieg.

»Du wirst in die Welt kommen
und makellos und freundlich, ausgeglichen und treu sein,
Du wirst eine unbegrenzte Fähigkeit haben zu gehorchen
und eine unbegrenzte Fähigkeit zur Rebellion.
Du wirst rein sein.
Darum verfluche ich Dich.«

Ich sehe noch seinen Blick
voller Erbarmen – und leichtem Entsetzen,
das man für den empfindet, der es einflößt
– den Blick, mit dem man dem folgt,
der, ohne es zu wissen, in den Tod geht,
und dem, aus einem Zwang, dem der Wissende und der
Unwissende
unterliegen, man nichts sagt –
ich sehe noch seinen Blick,
während ich mich entfernte
– aus der Ewigkeit – hin zu meiner Wiege.

8

Trauriger Schluß: mit einer
synoptischen Tafel meiner Dichterlaufbahn
– für den journalistischen Gebrauch –
und einem prophetischen Blick
auf das Meer der künftigen Jahrtausende.

»Ich kam in die Welt zur Zeit
der Analogik.
Ich wirkte
auf jenem Feld als Lehrling.
Dann gab es den Widerstand,
und ich
kämpfte mit den Waffen der Poesie.
Ich stellte die Logik wieder her und wurde
ein ziviler Dichter.

Jetzt ist die Zeit
der Psychagogik.
Nur prophetisch im Rausch
der Musik kann ich schreiben,
überwältigt vom Samen oder Erbarmen.«

*

»Wenn jetzt die Analogik überlebt
und die Logik aus der Mode gekommen ist
(und ich mit ihr:
meine Poesie ist ohne Nachfrage),
gibt es
die Psychagogik
(der Demagogie zum Trotz,
die immer mehr die Lage
beherrscht).
Darum
kann ich Thesen und Trauer-Züge schreiben
und auch Prophezeiungen;
als ziviler Dichter, das, immer!«

*

»Zur Zukunft, hören Sie:
Ihre faschistischen Söhne
fahren mit vollen Segeln
zu den Welten der Neuen Prähistorie.
Ich werde dort sein
wie einer der sein eigen Unglück träumet
an den Ufern des Meeres,
in dem das Leben wieder beginnt.
Allein, oder fast, am alten Gestade
zwischen Ruinen antiker Kulturen,
Ravenna
Ostia oder Bombay – es ist gleich –
mit Göttern, die sich entkrusten, alten Problemen
– wie Klassenkampf –
die
sich auflösen …

Wie ein Partisan,
gefallen vor dem Mai ’45,
beginne ich ganz langsam mich zu zersetzen,
im herzzerreißenden Licht des Meeres,
ein vergessener Dichter und Bürger.«

9

Klausel

»Mein Gott, aber was haben Sie
dann als Aktivposten?...«
»Ich? [ein abscheuliches Stottern,
ich habe kein Optalidon genommen, meine Stimme
zittert wie die eines kranken Jungen] –
Ich? Eine verzweifelte Vitalität.«

PETER KAMMERER

ZU DEN BEIDEN POEMEN PASOLINIS

»Una disperata vitalità« ist eines der zentralen Gedichte der Sammlung »Poesia in forma di rosa« (Mailand, Frühjahr 1964), die, wie ein Tagebuch, die entscheidende psychologische, private und politische Krise Pasolinis Anfang der 60er Jahre registriert. Das große Gedicht »Il poeta delle Ceneri« (das Pasolini auch »Who is me« nannte) wurde zum größten Teil im Sommer 1966, also wenige Jahre später geschrieben. Die Verse stammen aus dem Nachlaß und wurden erstmals von Enzo Siciliano in der Zeitschrift »Nuovi Argomenti« (Juli–Dezember 1980) veröffentlicht. Unsere Übersetzung folgt der in der Gesamtausgabe der Gedichte Pasolinis (»Bestemmia«, Mailand 1993) enthaltenen Lesart. Beide Poeme gehören zu jenen, die Italo Calvino »autobio-bildung-psico-ideologici« nannte: Verse, die sich aneignen, was früher Stoff für Romane war (Naldini 1991, S. 176).

In »Der Dichter der Asche« findet der starke, autobiographische Impuls, der allen Werken Pasolinis eigen ist, erstmals seine kanonische Form (die 1975 im Anhang zu »La divina Mimesis« sogar durch ein »photographisches Gedicht« ergänzt wird). Der Titel spielt auf den großen Zyklus »Gramscis Asche« (1956) an, gewinnt aber auch eine allgemeinere Bedeutung. Pasolini steht immer vor Gräbern. Doch die »Tonart« seiner »Todes- und Verwesungs-Gedichte« ist nicht die der Angst, sondern die der Vitalität, wie Franco Fortini, Freund und Kritiker Pasolinis, (dem Pasolini das »Falsett« zuschreibt) bereits 1959 bemerkt hat (Fortini 1993, S. 18).

In »Il poeta delle Ceneri« gibt Pasolini ausführlich Rechenschaft über seine Entwicklung: Das Finden des Dialekts und seiner Landschaften; die Liebe zu seiner Mutter (und später auch zu Ninetto, dem kalabrischen Jungen aus den römischen Vorstädten); der Konflikt mit dem Vater; das Ungenügen an der nationalen Sprache; das Schreiben für den Film und die Entdeckung der Filmsprache (»Darstellung der Wirklichkeit durch die Wirklichkeit«); die Spannung zwischen Poesie und Aktion.

Pasolini begegnet der von ihm gesuchten und experimentierten »Sprache des Lebens« in der brüderlichen

Dichtung von A. Ginsberg und in den Aktionen des amerikanischen Underground, der zum Adressat dieses, als fingiertes Interview geschriebenen Gedichtes wird. Die fünfziger Jahre sind zur Asche geworden, es beginnt eine neue Phase des Engagements: »Ich möchte mich durch Beispiele ausdrücken. / Meinen Körper in den Kampf werfen«. Und konträr dazu: Musik schreiben im Turm bei Viterbo. Tat des Ausdrucks und Ausdruck der Tat: die alten pasolinischen Gegensätze.

In »La disperata vitalità« hieß es zur Krise der Sprache noch lapidar: »NICHT MEHR IN TERZINEN!« Die visuelle Anordnung des Gedichts entspricht der neuen Beschäftigung mit visuellen Zeichen und deren magmatischem, vorgrammatikalischen, onirischen Urgrund (Pasolini, Reihe Film, S. 49ff.).

Das Gedicht ist wie ein Film aufgebaut. Gleich der erste Vers sagt es: »Wie in einem Film von Godard«. Pasolini, soeben von einer der für ihn immer wichtiger werdenden Reisen in die Dritte Welt (Afrika, Indien) zurückgekehrt, läßt Moravia, makellos, am Flugplatz stehen und stürzt sich in seine ›schmutzigen‹ Abenteuer, die immer mit sehr konkreten Orten und Stimmungen verbunden sind, mit Sexualität und mit Tod. Die Stimmung ist die von »A bout de souffle« (1959/60): »Ein Typ ist in ein Mädchen verliebt, stiehlt in Marseille ein Auto, um zu ihr zu fahren, er kommt durch oder tötet einen Polizisten und dann wird man sehen ...« So erklärte damals Godard seinem Hauptdarsteller Belmondo den zu drehenden Film, der der Kultfilm eines neu entdeckten »Romantizismus auf dem Boden des neokapitalistischen Zynismus« wurde. Im Film fährt Belmondo einen dicken, amerikanischen Wagen. Pasolini fuhr einen Alfa Romeo, in der Wirklichkeit und im Gedicht. In der für Godard typischen, »kalten und selbstgefälligen Montage« (Pasolini, Reihe Film, S. 70ff.), schneidet sich Pasolini in den Film ein. Und wir wissen, was der Filmschnitt für Pasolini bedeutet: »Die Montage bearbeitet das Material des Films ... wie der Tod das Leben bearbeitet« (ebda, S. 84). Der Wagen erreicht das alte Kastell am Ufer des Meeres, Ausdruck einer »ersten, wahren Vorstellung vom Tod«.

Schnitt. Ein Interview als neue Form künstlerischer und auch vermarkteter Kommunikation. Jargon, Slang, Alltagssprache, hoher Ton. Ironie und Prophezeiung. Rückblende. Die Sonntage in Friaul. Die Onanie auf den Soldatengräbern des alten Friedhofs an der Bahnlinie, heute ein undurchdringliches, verlorenes Gebüsch.

Viertes Kapitel: Engagement als Rückgewinnen der Vergangenheit. Und die persönliche Regression, immer weiter zurück, bis in vorgeburtliche Zustände, wo das Schicksal den Spruch über unsere Triebwelt gesprochen hat (7. Kapitel). Das Leben per saecula saeculorum. Unzählige sexuelle Begegnungen, jede eine blitzartige Ewigkeit, begleitet vom Klagelied der Züge an den Bahnlinien und Straßen Roms und der Welt. Anomalie, Neurose, Hypersensibilität – Intellektuelle als »erlesene Blüten der Bourgeoisie«, von dieser gedemütigt und verfolgt, fleurs du mal.

Die Geschichte der Verfolgungen, denen Pasolini Anfang der 60er Jahre ausgesetzt war, wird in »Il poeta delle Ceneri« beschrieben. »In einem nicht poetischen Stil«, denn diese Geschichten sind aktenkundig (Siciliano, 1980, S. 314). Prozeßakten, ein faschistischer Sieg (Kapitel 6).

Das 8. Kapitel ist, auch visuell, ein Epitaph. Epitaph einer Laufbahn. Nach den Lehrjahren in der Zauberwelt der Proportionen und Analogien, nach der Niederlage der Logik und der engagierten Poesie, wirkt Pasolini in jenem Bereich, in dem die Seelen geführt werden und wandern: Im Reich der Träume (Filmsprache); auf dem Weg in die Unterwelt. Der prophetische Blick in künftige Jahrtausende und der Blick zurück, zu den Ursprüngen der eigenen Sexualität, wird getragen von den orphischen Klagelauten der Züge: Temi e Treni. Der eigene Körper wird zum Stoff und zur These (Stoff und exemplarische These stecken im Begriff Tema) der Kommunikation (Zigaina, 1989, S. 177ff.). Und Trenos ist der griechische Begriff für die Totenklage, das Geleit für den Abstieg in die Unterwelt. Das italienische Wort treni bezeichnet andererseits die Züge, deren Stampfen und Stöhnen die Liebesakte (»monströs, überspannt und so privat«) in verlorenen Höhlen, auf den »Ländereien der Caetani oder der Torlonia«, entlang der Lebenslinie durch die Jahrhunderte (in die Ewigkeit) begleiten.

Thesen, Trauer-Züge und Prophezeiungen. Am Anfang der 60er Jahre gewinnt das Werk Pasolinis eine neue Qualität: die der Prophetie. »Una disperata vitalità« ist ein Schlüsselgedicht dieses Übergangs. Unter diesem Aspekt ist ein Vers von Bedeutung, der in der Erstausgabe vom April 1964 und in den gesammelten Gedichten von 1975 (beide Ausgaben von Pasolini selbst besorgt) verstümmelt erscheint. Es fehlen Worte. Das ist in der visuellen Anordnung der Verse deutlich sichtbar. Aber in der 2. Auflage vom Juni 1964 und in der Gedichtsammlung »Poesie« von 1970 hat Pasolini den fehlenden Vers – ein Dante-Zitat aus dem 30. Gesang der Hölle – (»wie einer, der sein eigen Unglück träumet«), eingesetzt. Bei Dante heißt es dann weiter: »und träumend möcht, es möcht im Traum geschehen«. Handelt es sich bei der Unterschlagung des Verses in den Ausgaben von 1964 und 1975 um ein Versehen oder um, den Prophezeiungen eigene und von Pasolini gewollte Manipulationen (vgl. Zigaina, 1989, S. 91ff.)? Die Frage hat Gewicht. Denn Pasolini hat sein Schicksal ohne Zweifel »vorgeträumt«. Am Morgen des 2. November 1975 wurde er in Ostia, »an den Ufern des Meeres, / in dem das Leben wieder beginnt«, genau an der in »La disperata vitalità« beschriebenen Stelle, ermordet aufgefunden.

Franco Fortini: »Attraverso Pasolini«, Einaudi, 1993
Nico Naldini: »Pier Paolo Pasolini. Eine Biographie«, Wagenbach, Berlin 1991
Pier Paolo Pasolini: »Barbarische Erinnerungen. La Divina Mimesis«, Wagenbach, Berlin 1983
»Pier Paolo Pasolini«, Reihe Film 12, Hrsg.: Peter W. Jansen und W. Schütte, Hanser Verlag, München, 1977
Enzo Siciliano: »Pasolini. Leben und Werk«, Weinheim–Basel, 1980
Giuseppe Zigaina: »Pasolini tra enigma e profezia«, 1989, Marsilio, Venezia (deutsch: Pasolini und der Tod, Piper Verlag, vergriffen).
Für ihre Gesprächsbereitschaft und freundliche Hilfe bei der Übersetzung bedanke ich mich bei: Laura Betti, Peter W. Jansen, Niels Kadritzke, Tillmann Pinder und Klaus Wagenbach.

Eine erste Fassung der Übersetzung von »Una disperata vitalità« erschien zusammen mit »Prophezeiung« (Pasolini) und »Traumwald« (Heiner Müller) als »Drucksache 11« des Berliner Ensemble, Alexander Verlag, Berlin 1995

ALBERTO MORAVIA

MEIN FREUND PASOLINI

Dieses Interview gab Moravia im Februar 1978 in Venedig. Sein Interviewer Gianni da Campo, ein junger Mittelschullehrer, Filmer und Schriftsteller, wollte damals einen Film über Pasolini drehen. Der Film scheiterte am Moralismus der Zeit, das Projekt mußte aufgegeben werden und die Tonbandrollen blieben in der Schublade, bis sie 1993 anderthalb Jahre nach Moravias Tod und kurz vor dem Erscheinen der italienischen Ausgabe von »Petrolio«, in Italien veröffentlicht wurden; sie erscheinen hier zum erstenmal.

Es gibt Personen, die für Pier Paolo Pasolini wichtig waren. Eine davon sind Sie, Alberto Moravia. »Passione e ideologia« ist Ihnen gewidmet…

Wichtig im Sinne von Zuneigung…

Wann begegneten Sie sich?

Ich glaube es war, als die »Ceneri di Gramsci« erschienen.

Also 1955?

Nein, früher.

Sie haben beim Film »La donna del fiume« mitgewirkt?

Ich habe mit Ennio Flaiano »La donna del fiume« geschrieben.

Also kam Pasolini durch das Drehbuch für diesen Film zum Kino?

Ja, aber ich bin nicht ganz sicher.

Haben Sie ihn bei dieser Gelegenheit nicht kennengelernt?

Nein, nicht bei dieser Gelegenheit. Ich muß Pasolini vor dem Erscheinen von »Ragazzi di vita« kennengelernt haben. Es muß 1954 gewesen sein, oder vielleicht etwas früher. Er kannte bereits meine Frau Elsa Morante.

Wie erschien Ihnen damals Pasolini?

Ich brauche sehr lange, um Leute kennenzulernen. Er schien mir sogleich sehr sympathisch. Er hatte seltsame Eigenheiten: wie er aß, wie er sich bewegte, wie er sich kleidete. Lauter Dinge, die ich beobachtet habe. Ich bin jemand, der hauptsächlich dann Leute kennenlernt, wenn er bestimmte Situationen mit ihnen erlebt. Sonst verstehe ich sie nicht…

Wie eigen war seine Art, sich zu kleiden, zu essen?

Pasolini war ein Mann, der sehr viel Sinn für Inszenierungen hatte. Er malte, hatte einen Sinn für Malerei. Er malte gut, erinnerte etwas an Filippo De Pisis. In den Filmen sah man, daß er einen außergewöhnlichen Sinn für Ikonographie hatte. Doch er kleidete sich sehr schlecht. Für ihn war die Kleidung ein Problem, denn er verfiel dem Show-Geschmack, wie die Amerikaner sagen würden, war also auffällig. Er verirrte sich auch in den Geschmack der Homosexuellen. Pasolini war imstande, Krokodilleder-Schuhe zu tragen. Etwas Schreckliches. Oder gelb-schwarze Schuhe. Oder buntgetupfte Pullover, kurz, er hatte keinen sicheren Geschmack.

So wie ein Junge aus Trastevere, der sich für den Sonntag kleidet?

Ein bißchen in diese Richtung. Aber der Geschmack der Jungen aus Trastevere ist sicherer. Er war zugleich ein Mann der Kultur. Und dann seine Art zu essen. Schweigsam zu sein.

Schüchtern?

Nein, vor allem war er sehr verschlossen. Das ist eine Eigenheit der Venetier, der Friauler. Er war nicht sehr kommunikativ. Auch wenn er mit mir etwas kommunikativer war, hauptsächlich mit mir. Nicht, daß er gesprächig gewesen wäre. Er sprach sehr wenig, äußerst wenig. Er hatte das, was ich das schweigsame Lachen nenne.

Das schweigsame Lachen?

Wenn er den Mund öffnete und so machte...

Ich verstehe.

Oder er sprach wie ein Schulmeister, nicht im Sinne von Pedanterie, sondern im Ton. Eine gewisse beruflich bedingte Deformation, die daher rührte, daß er unterrichtet hatte. Doch er war sehr sympathisch. Man spürte seinen Reichtum an Menschlichkeit. Auch wenn er nicht sprach, wenn er wenig kommunizierte, war er jemand, der einem Gesellschaft leistete. Was sehr wichtig ist. Ich kenne andere, die nicht sprechen, nicht kommunizieren und äußerst langweilig sind. Er war nie langweilig, ganz und gar nicht.

War er unruhig? Zeigte er an gewissen Stellen des Gesprächs Unruhe, Überdruß, verließ er deshalb die Gesellschaft und ging?

Nein, was einen an Pasolini beeindruckte, war eine große Sanftheit. Er war sehr sanft, fast bis an die Grenzen… Er beobachtete die anderen, folgte ihnen… Dann kamen sehr genaue Vorstellungen über den Charakter der Personen heraus. Er hatte Eingebungen. Er war ein Narziß. Sehr egozentrisch, sehr. Doch er hatte eine gewisse Fähigkeit, wie mit Antennen, Leute zu verstehen. Mehr noch als verstehen, ihre Existenz zu fühlen.

Und das Essen?

Er aß immer mit den Schneidezähnen, ein seltsames Mahlen mit den Schneidezähnen. Vermutlich fehlten ihm auch Zähne. Er hatte schlechte Zähne, hatte unter einer Mangelerscheinung gelitten, Rachitis. Wie Sie wissen, leiden die Zähne sehr darunter.

In seinen Filmen kommen immer schlechte Zähne vor…

Das kann sein. Irgendwann beschloß er, sie behandeln zu lassen und fuhr nach Bozen, zu diesen berühmten Zahnärzten, die wie an einer Art Fließband arbeiten und einem die Zähne innerhalb einer Woche neu gestalten. Seine neuen Zähne waren aber nicht schön. Er sah fast wie Frankenstein aus.

Ein zu perfektes Gebiß?

Pasolini hatte ein sehr seltsames Gesicht, äußerst seltsam. Was mich am meisten verblüffte, war die seltsame Zusammenstellung dieses Gesichtes. Eine Nase, die sehr sonderbar geformt war: oben schmal, dann wurde sie an der Wurzel breiter, und bog sich unten wieder nach innen. Unglaublich. Dann die tiefliegenden, kleinen Augen; wenn er frühmorgens, noch müde, aufwachte, hatte er das Gesicht eines Höhlenmenschen, ziemlich verängstigt, eines Primitiven, dann stellte es sich wieder her und nahm wieder den sanften Ausdruck an. Sein Ausdruck war sanft, zweifellos, doch manchmal, wie zum Beispiel in Afrika, wenn ich ihn weckte, sah ich diese enorm tiefen Augenhöhlen und dieses primitive, ganz primitive Gesicht… Sein Körper war klein, sehr klein und sehr kräftig – er hatte den schwarzen Gürtel im Karate. Magerer Körper, etwas blaß, nicht sehr jugendlich, mit kleinen Runzeln, leicht gelblich. Kurzum, ein außergewöhnlich eigenartiges Gesicht, unglaublich. Seine

Haare tönte er. Nun, es war ein einziges Gemisch verschiedener Dinge… Falsche Zähne, Haare getönt mit einer Farbe, die… Getönte Haare sehen nie gut aus. Die Frauen haben recht, wenn sie ihr Haar freimütig färben, ihm eine andere Farbe geben. Die eigene Farbe erhalten zu wollen, ist ein fundamentaler Fehler. Sie bekamen einen Mahagonischimmer. Er hatte große Angst vor dem Altern.

Auch in der Stimme war diese Sanftheit. Vermutlich hatte er eine große Fähigkeit, Dinge für sich zu behalten, sie nicht nach außen zu tragen. Was ihn freilich auch teuer zu stehen kam: Er bekam ein Magengeschwür, ein sehr gefährliches Magengeschwür. Darüber kann ich Ihnen eine Geschichte erzählen, die uns, mir und Dacia Maraini, widerfahren ist. An einem Abend sind wir zu Giudio, einem jüdischen Restaurant im Getto gegangen. Dort roch es furchtbar nach Fritiertem, denn es ist eine Küche, in der viel fritiert wird. Pasolini ging auf die Toilette. Plötzlich geschah etwas Unglaubliches, die Tür der Toilette flog mit großer Wucht auf, und er fiel wie ein Baumstamm zu Boden und blieb dort in einem See von Blut und Erbrochenem liegen; ich höre immer noch wie der Kopf auf den Boden schlug, ein schreckliches Geräusch. Dacia hatte die Kraft, ihn hochzuheben und ihn erneut zur Toilette zu führen, um ihn etwas zu waschen. Dann brachten wir ihn zum Arzt. Das Geschwür war geplatzt, eine sehr schlimme Magenblutung.

Wurde er operiert?

Ich glaube nicht, daß er operiert wurde. Ich glaube man hat es tamponiert. Wahrscheinlich hatte er das Geschwür bekommen, weil er…

versuchte alles für sich zu behalten…

Das Problem der Homosexualität war für ihn von großem Gewicht. Er hat es verdrängt, zumindest bis zur Zeit kurz vor seinem Tod. Er verdrängte es insofern, als keinerlei Zeichen der homosexuellen Problematik in seinen Büchern zu finden sind. Sie existiert nicht. Er war sehr männlich, hatte nichts Verweichlichtes. Ich sage dies, da ich mit ihm gewohnt habe. Er ist ein wahrer Päderast, das heißt einer, der Jungen liebt.

Nur Jungen?

Aber ja, nur…

Weiß man von keinen Beziehungen mit Männern?

Nein.

Weiß man von keinen Gefühlsbeziehungen mit Jungen? Das heißt von großen Lieben…

Ja, da war der Fall von Ninetto.

Die große Liebe? Wirkliche Liebe?

Hier begibt man sich in einen recht sonderbaren Diskurs: Pasolini war ein sehr moderner Mensch und gleichzeitig ein alter Italiener, ich spreche von der Vater-Tradition, der katholischen. Er war praktizierender Katholik bis zu seinem zwanzigsten Lebensjahr. Für ihn war der Katholizismus eine sehr ernste Sache. Ernst auch als Wurzel. In seinem Charakter war ein Zug von pathetischer Hingabe. Er war ein irrationaler Mensch. Er war kein rationaler Mensch. Er war ein denkender Mensch, sein Kopf funktionierte, doch er funktionierte in seiner uns bekannten Art, mit großen Widersprüchen. Er wollte diese Widersprüche nicht aufheben.

Nun, um zum Fall Ninetto zurückzukommen: Ninetto war anfänglich ein Geliebter, dann sind sie nicht mehr zusammen ins Bett gegangen, überhaupt nicht mehr. Er hatte eine extreme Zuneigung zu dem Jungen gefaßt, der, um die Wahrheit zu sagen, ohne jemandem Unrecht tun zu wollen, ein gewöhnlicher, recht primitiver Junge war, mit einer gewissen Schlauheit, aus Kalabrien, er war kein Römer. Pasolini hatte für ihn eine väterliche Zuneigung. Wir sind zusammen nach Rumänien gefahren, um eine Kur zu machen. Ninetto hatte sehr großen Erfolg bei Frauen. Ninetto ist Frauen sehr zugeneigt. Pasolini ging nie mit homosexuellen Jungen, er ging mit nicht-homosexuellen Jungen ins Bett, sein Gedanke war, daß der Junge mit ihm ins Bett gehe, um ihm, Pasolini zu gefallen. Das war seine Idee, seine Illusion.

Eine schlimme Illusion meines Erachtens, schmerzlich und fatal. Pasolini sah, daß Ninetto mit den Rumäninnen ins Bett ging und litt ziemlich darunter. Wenn Ninetto nicht zum Mittagessen kam, war Pasolini aufgebracht, schmerzerfüllt. Als Ninetto heiratete, war dies für Pasolini wie für einen Vater, der eine Tochter verliert. Dies war die wahre Gefühlsbeziehung, die ich an ihm kennengelernt habe.

Ferner war da die Beziehung zur Mutter. Meines Erachtens könnte man einen Film allein über diese Frau machen. Denn es war eine Beziehung von extremer Krankhaftigkeit, von extremer Hypertrophie, extrem exzessiv. Für mich war es peinlich, wie auch die Gedichte peinlich sind, die er der Mutter gewidmet hat, die jenseits der Mutter-Sohn-Beziehung etwas Körperliches haben. Nun, ich weiß nicht. Diese Frau hatte diesen Sohn, als einzigen, der ihr geblieben war. Und er verlor richtiggehend den Kopf. Eines Tages geschah folgendes: In den Zeitungen erschien die Nachricht von einem Prozeß gegen Pasolini. Sie wußte nichts davon. Ich glaube, es wurde auch auf die Homosexualität eingegangen. Deshalb wurde alles getan, damit sie diesen Artikel nicht lese, doch sie hatte gleichwohl begriffen.

Ich war im Restaurant mit meiner Frau, mit Dacia meiner zweiten Frau, und wir wurden angerufen. »Komm sofort«, sagte mir Pasolini, »ich weiß nicht, was ich tun soll.« Wir sind zu ihm in die Wohnung, und fanden dort einen Pasolini, der wirklich nicht wußte, was tun, denn die Mutter war außer sich. Jeder Sohn wäre damit fertiggeworden, doch er hatte vollkommen den Kopf verloren. Seine Beziehung zur Mutter war erschreckend. Gleich nachdem ihr Mann gestorben war, begann sie, sich die Lippen zu schminken und sich Dauerwellen machen zu lassen.

Also war die Beziehung zur Mutter sehr komplex…

Sehr brutal gesagt, war sie das Protobeispiel der Freudschen Theorie, ein Beispiel, das man bestens in einem wissenschaftlichen Buch anführen könnte.

Also eine Beziehung, die jeden physischen Kontakt absolut ausschloß. Nicht wahr?

Es war da diese gewisse Körperlichkeit, die mich störte. Ich bin auf diesem Gebiet sehr empfindlich. Es war eine Zuneigung, in der eine gehörige Portion Körperlichkeit mitspielte. Kurz, die Beziehung zwischen Pasolini und seiner Mutter war eine Beziehung, die über das normale Maß hinaus ging. Ich weiß nicht, wie ich es ausdrücken soll, verstehen Sie?

Und die Mutter, wußte sie von der Homosexualität des Sohnes?

Nein.

Oder tat sie so, als wisse sie es nicht?

Entweder sie tat so, als wisse sie es nicht, oder sie wußte es nicht, oder vielleicht... Ehrlich gestanden, ich weiß es nicht.

Ich denke an dieser Stelle ist es wichtig, über eine andere Person zu sprechen, den Vater.

Den Vater habe ich ein einziges Mal gesehen. Er war ein Hauptmann, klein, vierschrötig, aber ich weiß eigentlich nichts über ihn. Gar nichts. Man sagte, er sei schnell zornig geworden, habe die Frau geschlagen und getrunken. Ich glaube, daß ich ihn gesehen habe, aber ich erinnere mich nicht mehr an ihn. Bei der Mutter ist das anders, die kenne ich in- und auswendig. Die Mutter weiß übrigens nicht, daß ihr Sohn umgebracht worden ist.

Warum erregte Pasolini Anstoß, warum war sein Verhalten störend? War er unsympathisch...

Das ist eine sehr komplizierte Angelegenheit. Man hatte ihn verfolgt und er rächte sich unbewußt, indem er Anstoß erregte. Nachdem er eine gewisse Macht erreicht hatte...

Nur kurz eine Überlegung: Das eigentliche Unheil für Pasolini war, daß er von Casarsa nach Rom gekommen ist, unter jenen Umständen, nachdem man ihn mit den Jungen überrascht hatte, und er aus der kommunistischen Partei ausgeschlossen wurde. Und hier begann das, was ihm später den Tod gebracht hat. Ich erkläre Ihnen auch weshalb: Wäre diese Geschichte nicht gewesen, hätte er vielleicht dort in Venetien weiter unterrichtet. Er wäre derselbe Schriftsteller geworden, wie etwa Ferdinando Camon in Padua. Vielleicht wäre er nach Mailand gezogen, ich weiß nicht. Sein Schicksal bestimmte sich zu jenem Zeitpunkt. Er kam nach Rom, und da er kein Geld hatte, ist er in die Vorstadt gezogen. Die Vorstadt ist ein wahrlich erschreckender Ort, ohne Grünanlagen, ohne Kinos, ohne Cafés, ohne Schulen. Ein grausamer Schlafsaal. Ich habe die Vorstadt studiert: schreckliche Orte, in denen Menschen leben, die schnell zu Verbrechern werden. Alle Diebe Roms leben in der Vorstadt, die professionellen Diebe. Viel übles Pack.

In Wahrheit muß man von einem soziologischen Schicksal sprechen: Es ist nicht die Schuld der Leute, unter diesen Umständen zu leben... Es sind Orte einer schrecklichen Isolation. Das Schicksal hat es so gewollt. Als Pasolini in die Vorstadt zog, hat er zu einem bestimmten Typ Jugendlichem Zuneigung gewonnen: dem Kriminellen. Hier bestehen keine Zweifel. Die Jungen von Pasolini waren alle häßlich, dreckig, mit einem Hang zum Kriminellen. Wie sein Mörder, Pelosi. Pelosi, der typische pasolinische Junge, ist primitiv, ein Grobian. Dacia hat ihn einmal im Gefängnis besucht: Als Pelosi erfuhr, daß eine Freundin von Pasolini ihn sprechen wollte, sagte er: ›Jetzt machen sie mich kalt!‹ So kann nur ein Primitiver reden, ein absolut einfältiger Mensch... Er war ein Strichjunge, ein kleiner Dieb, und vor allem ein Mensch, der sich überhaupt nicht ausdrücken konnte. Nun, das ist der Typ Jungen, mit denen Pasolini verkehrte. Dort hat sich sein Schicksal begründet, denn er hat sich in den Typ verliebt, der ihn später töten sollte. Doch hier muß man auch noch einen anderen Faktor berücksichtigen: Sein Gefallen an Kriminellen war ein Zug von Dekadenz. Pasolini war dekadent. Er hatte den selben Geschmack am Verbrechen wie Genet. Genet ging nicht etwa mit den bürgerlichen Jungen, den wohlerzogenen oder literarisch versierten ins Bett, sondern mit den Gaunern, den Kriminellen.

Genet hatte in Rom ein Abenteuer mit einem gewissen Quinto, der auch ein kleiner Krimineller war. Dies ist ein Phänomen der homosexuellen Dekadenz. Der Homosexuelle ist ein Ausgeschlossener, ein Rebell, Bekämpfer einer christlichen Gesellschaft, die seine Liebe verurteilt. Vor dem Christentum gab es diese Verurteilung nicht. Deshalb haben die Homosexuellen eine instinktive Sympathie für alle, die das Gesetz überschreiten. Der Homosexuelle ist fast ein Organisator der Revolte. Doch das ist nicht das Einzige: Der Homosexuelle fühlt sich zu diesen Menschen hingezogen, weil er in ihnen ein Aufbegehren erkennt, das seinem analog ist, bisweilen noch heftiger. Hinzu kommt der eigene Geschmack daran, sich nicht anpassen zu wollen, der Geschmack an der dekadenten Skala der Werte. Ich habe an einer Stelle bei Proust über Charlus gelesen, der in einem Männerbordell verkehrte, wo er sich von kriminellen Jungen auspeitschen ließ und sich die Frage stellt: »Stimmt es, ist es sicher, daß er jemanden umgebracht hat?« Er will also einen Mörder. Hier treffen wir auf einen weiteren Faktor, den Masochismus. Gemeint ist nicht der psychologische Masochismus, Pier Paolo Pasolini war ein Masochist im wahrsten Sinne des Wortes. Er ließ sich schlagen. Er ließ sich schlagen, ließ sich fesseln, ließ sich ohrfeigen. Das bleibe aber unter uns.

Das ist aber sehr wichtig, äußerst wichtig.

Den Kriminellen sucht man sich auch deshalb aus, weil er die Gewalt repräsentiert; obgleich Pasolini sehr stark war und leicht jemanden zu Boden strecken konnte.

Sie haben von Casarsa gesprochen. Wissen Sie genau was in Casarsa geschehen ist?

Ich weiß es nicht und habe mich auch wenig damit beschäftigt.

Dieser Skandal, nachdem Pasolini mit vier Jungen überrascht wurde.

Diese Angelegenheit in Casarsa ist jedenfalls das Verhängnis seines Lebens gewesen. Ich möchte noch etwas hinzufügen: Pasolini hat in den Vorstädten eine Art neue Humanität entdeckt, die typisch für das Subproletariat ist, das immer wie die Urchristen gewesen ist. Dann kam das Wirtschaftswunder, und die Bewohner der Vorstädte sind genauso wie alle dem Konsum erlegen. Das war die große Enttäuschung Pasolinis.

Interessant ist die Beobachtung, daß man von keiner Beziehung zu bürgerlichen Jungen weiß.

In Rom gab es keine einzige. Er verkehrte mit Gruppen von Jugendlichen, er hatte keinen bestimmten Jungen. Jeden Abend zog er los. Er sagte es auch: Ich geh auf den Strich. Das allein ist schon ein Exzess. So als wenn ich als Heterosexueller jeden Abend zu den Nutten gegangen wäre. Ich gehe nicht zu ihnen, aber angenommen, ich hätte es getan, und das jeden Abend, so wäre dies schon pathologisch.

Sie waren mit Pasolini in Indien. Können Sie mir sagen wie sich Pasolini dort sexuell verhalten hat?

In Indien fand er Jungen, so viele er wollte. In Kenia hingegen fand er keine.

Und er bezahlte sie immer?

Er zahlte sie sehr gut.

War es immer ein Verhältnis für Geld?

Ja. Er gab sich der Illusion hin, ihnen ein Geschenk zu machen. Pasolinis Schwierigkeit, wie die vieler anderer Homosexueller, war, kurz gesagt, daß er nicht mit Homosexuellen ins Bett gehen wollte, sondern mit normalen Jungen. Doch der normale Junge, der mit einem Homosexuellen ins Bett geht, ist ein Strichjunge, denn sonst würde er mit Mädchen gehen. In Süditalien hingegen sind die Jungen bisexuell, sie haben eine gewisse bisexuelle Unschuld, wie sie vor allem bei den Arabern zu finden ist. Frauen sind nicht zu haben, und so finden sie Vergnügen daran, sich von einem Mann befriedigen zu lassen. Das hat Pasolini irregeleitet. Er ist immer mit Heterosexuellen ins Bett gegangen, sei es mit jenen, die es mangels Frauen trieben, sei es mit jenen, die sich dafür zahlen ließen, eher widerwillig. Das war bei Pelosi der Fall. Ein Fall von Projektion, meines Erachtens. Pelosi hat immer gesagt, er sei heterosexuell. Er hat sich in Pasolini hineinprojiziert und durch den Mord an ihm sich selbst bestraft.

War Pasolini nie mit Frauen zusammen?

Er hat mir erzählt, daß er ein einziges Mal ein Verhältnis mit einer Frau hatte.

Ein einziges Mal?

Als Experiment, eine seltsame Sache.

War das in Rom?

In Rom, ja. Er hat gesagt: Ich möchte sehen, wie es ist, mit einer Frau ins Bett zu gehen. Eine Woche lang hat er sich im Verkehr mit Jungen zurückgehalten. Er hat sich mit einer Hure am Tiberufer verabredet und mit ihr Verkehr gehabt. Danach hat er mir gesagt: Gar nicht so schlimm, wie ich dachte, aber es gefällt mir überhaupt nicht. Wörtlich sagte er: »Ich könnte nicht mit einer Frau schlafen, es käme mir vor, als ginge ich mit meiner Mutter ins Bett. Aus und Schluß«.

Eine sehr interessante Aussage.

So war er. Visconti hatte Maria Denis als Geliebte, er hat viele Frauen gehabt, obgleich er... Aber das ist eine andere Angelegenheit. Pasolini, ausschließlich Jungen. Viele Jungen, auch kleine Jungen, keine Männer.

Liebte er diese Jungen wirklich, oder haßte er sie insgeheim?

Nein, er haßte sie überhaupt nicht. Er hatte zu ihnen, wie auch De Pisis, glaube ich, eine affektive und zugleich erotische Beziehung. Ich weiß nicht, er mochte sie sehr, das ist alles.

Hat er nicht die Schönheit in diesen Jungen gesucht?

Er suchte jenen Charakter, den ich die verbrecherische Unschuld genannt habe. Eigentlich gefiel ihm der noch unbefangene Bauer, der soeben erst in die Stadt gezogen ist.

Wie sah Pasolini die anderen Homosexuellen?

Ah, gar nicht. Ich kenne sehr viele Homosexuelle, die sehr schlecht über die Homosexuellen reden, die gegenseitig auf sich herumhacken, sich streiten, in allen erdenklichen Formen, was vielleicht der am wenigsten sympathische Aspekt der Homosexuellen ist. Nicht so Pasolini, er war sehr reserviert. Er mochte sie auch, je nachdem, wer es war. Pasolini war intelligent, deshalb erkannte er gleich die Schwätzer und die aufrichtigen Menschen. Mir hat er gesagt: ›Du solltest homosexuell werden, es entgeht dir viel, wenn du es nicht bist‹, ja, das sagte er immer wieder. Dann sagte er mir, ich sei es, ich müßte es ausprobieren, aber mit Sicherheit sei ich homosexuell. Er war ein bißchen ein Imperialist der Homosexualität. Abgesehen davon beurteilte er die Leute nicht danach, ob sie homosexuell waren oder nicht. Seine Sensibilität für die Menschen war sehr breitgespannt. Er war unter vielen Gesichtspunkten ein außergewöhnlicher Mann, auch sehr nachsichtig. Sein moralisches Urteil war äußerst hart, wie man bei »Saló« sehen konnte, aber er konnte es für sich behalten. Er war sehr nachsichtig, voller Ironie, er war ein äußerst feinfühliger Mensch.

Also wollte er 1975 noch leben?

Aber ja wollte er leben! Was für eine Dummheit zu behaupten, daß er hätte sterben wollen. Blödsinn. Meine Theorie ist, daß er Opfer eines Unfalls geworden ist, wie jemand, der unter eine Straßenbahn gerät. In Italien finden täglich zehntausend Rendezvous unter Homosexuellen statt wie jenes. So wie ich, der ich zehntausendmal die Schienen der Straßenbahn überquere, eines Tages überfahren werde. Gut, es war eine Zeit der Krise, das schon.

Eine Zeit der Krise?
Das beginnende Alter. Eine schwere Krisenzeit. Doch Pasolini war von einer erschreckenden Vitalität, er hätte sich wieder gefangen. Er hatte große Pläne. Ich kenne sie. Er hatte die Rohform des Romans geschrieben, den ich gelesen habe. Ein Riesenroman, von dem er bereits 600 Seiten geschrieben hatte und der 2000 Seiten umfassen sollte. Dann wollte er »San Paolo in America« machen, die Idee, den Heiligen Paulus ins moderne Leben zu versetzen. Die Reisen des Heiligen Paulus. Er war voller Pläne. Er wollte nicht sterben. Er war dabei, sich auf einen Kongreß des Partito Radicale vorzubereiten. Pasolini war extrem unvorsichtig, er war tollkühn, und über vieles war er sich nicht im klaren. Er war sich nicht im klaren darüber, daß er sich in Gefahr begab. Er hatte nicht begriffen, daß man nicht eine politische Person und zugleich ein Homosexueller wie er sein kann. Dies hatte er nicht begriffen und glaubte, beides praktizieren zu können. Meiner Meinung nach könnte es vielleicht auch das Verbrechen einer Gruppe gewesen sein, ich weiß es nicht. Auf jeden Fall hat er es provoziert. Es war ein Verbrechen, das habe ich auch geschrieben, in dem Pelosi nur der ausführende Arm gewesen ist, entweder einer ganz bestimmten Gruppe oder der gesamten italienischen Gesellschaft, die Pasolini ausgestoßen hatte und ihn umbringen ließ. Wahrscheinlich gab es einen Auftraggeber. Entweder hat es sich um eine Gruppe von Rowdys gehandelt, die ihm, provoziert durch seine Unvorsichtigkeit, eine sogenannte Lektion erteilen wollte, oder es war nur Pelosi, der sich durch den Skandal, durch die Reaktion des italienischen Bürgertums auf Pasolini dazu legitimiert fühlte.

Also Pelosi, so etwas wie ein Verteidiger des italienischen Bürgertums. Ein Held.
Ich habe meine Theorie veröffentlicht. Das Bürgertum hätte Pasolini verziehen, wenn er wie Aldo Palazzeschi gewesen wäre... Aber ein Kommunist, noch dazu homosexuell ... das war für sie ein regelrechter Exzess.

Und war Pelosi imstande, das zu begreifen?
Pelosi ist nicht imstande, das geringste zu begreifen. Pelosi spürt nur, daß der Homosexuelle von der Gesellschaft, in

der er lebt, verurteilt wird. Er sagt, die Homosexuellen gehören verbrannt, oder etwas ähnliches. Die gesamte italienische Gesellschaft ist gegen die Päderasten. Nur, solange sie, sagen wir, verborgen bleiben, ist alles in Ordnung, aber dann auch noch als Kommunist damit auf- zutreten – das wird nicht hingenommen. Und noch etwas: Die italienische Gesellschaft in ihrer Gesamtheit hält die Kommunisten für moralische Kämpfer. Also stellen sie sich fast auf die Seite des Kommunismus, um zu sagen: gebt acht, ihr habt einen Kommunisten, der unmoralisch ist.

Hat Ihnen Pasolini je erzählt, wie seine homosexuellen Beziehungen begonnen haben?

Pasolini hat mir nicht so viel anvertraut. Hin und wieder beiläufig, manchmal spielte er auf etwas an.

Ich spreche von der Kindheit, der Vergangenheit.

Nein, über die Vergangenheit hat er mit mir nie gesprochen, man wußte über jene Angelegenheit. Ich habe ihn nicht darüber befragt. Die Leute sprechen nicht über ihre Vergangenheit, es sei denn, sie werden dazu gezwungen.

Und dieser Roman, von dem sie sprachen?

Der Roman heißt »Petrolio«. Es ist ein sehr komplizierter Roman, sozusagen in Traubenform, mit vielen kleinen voneinander getrennten Episoden. Seine Absicht mußte die gewesen sein, Dostojewskis »Die Dämonen« nach Italien zu verlegen; es kommen sogar ganze Passagen aus den »Dämonen« vor, mit italienischen Namen anstelle der russischen. Und in diesem Buch hat er das erste Mal über seine homosexuellen Beziehungen geschrieben. Ein sehr sonderbarer Roman. Es ist eigentlich kein Roman, es ist eine Kladde. Einige Episoden sind, sozusagen, schon im Klartext, andere bestehen nur aus Notizen. Die fertiggestellten Episoden sind just diejenigen, welche die Homosexualität behandeln; und es zeigte sich, was ich schon gedacht hatte, nämlich, daß er mit Gruppen von Jungen Verkehr hatte und er passiv, absolut passiv war. Wie hätte er sonst gleichzeitig mit zwölf Jungen eine Beziehung haben können. Er war also die Frau.

Was in seinem Fall wieder eine andere Form des Masochismus, der Selbstkasteiung ist.

Ja, Masochismus, das stimmt. Er beschreibt dort auch die Gefühle, die er empfand, er beschreibt alles. Wenn dieses

Buch erscheinen würde, ich glaube vorerst wird dies nicht der Fall sein, vielleicht auch nie, werden wir alles über die Sexualität Pasolinis erfahren, was im übrigen keine so seltsame Sache ist. Es ist schlicht ein Mann, der die Gefühle einer Frau empfindet.

Aber war Pasolini auch aktiv in seinen Beziehungen?

Ja, sicher, er wird auch aktiv gewesen sein, doch ich glaube, daß er mit den Jahren immer mehr in diese Richtung neigte. Sexualität ist eine Sache – sie kann auch homosexueller Art sein –, die zu Beginn immer einfach ist, ein Ausbruch der Sinnlichkeit, dann, mit den Jahren, läßt sie entweder nach, erkaltet oder sie verstrickt sich furchtbar in den kulturellen Dingen. Zugleich lernt ein Mann seine eigene Sexualität immer besser kennen, lernt, sie zu vertiefen, wird vielleicht ehrgeizig, ehrgeizig im zwanghaften, nicht nur im moralischen Sinn, insofern, als sie zum Automatismus wird, und dies war der Fall bei Pasolini. Es war tatsächlich zwanghaft geworden, das schreibt er auch in seinem Buch: ›Sex, immer Sex‹.

Erzählen Sie mir etwas über die Reisen, die Sie mit Pasolini gemacht haben.

Das erste Mal waren wir in Indien: in Bombay, Neu Delhi, in Kalkutta, in Madras…

Gibt es irgendeine wichtige Episode von dieser Reise?

Es gab zwei Episoden mit Jungen. Die eine, als er in Madras eine Beziehung mit einem Jungen hatte, den er an den Strand führte, wo dieser Junge ein Kreuz hervorholte und sagte, daß er Christ sei und diese Dinge nicht machen könne. Pasolini war schwer gekränkt. Die zweite Episode ist etwas fleischlicher: Pasolini fand einen Jungen, der sich am Hafen prostituierte. Er nahm ihn mit und gab ihn einem holländischen Priester in Obhut, doch vorher (hier wieder Pasolinis Widersprüchlichkeit) verbrachte er mit ihm einen ganzen Tag auf einer Insel im Indischen Ozean. Dann nahm er den Jungen, suchte nach dem holländischen Priester, der eine Schule hatte, in der er aufgesammelte Jungen zu erziehen versuchte, vertraute diesem den Jungen an und versprach, monatlich einen Beitrag zu schicken. Kurzum, er tat viel für diesen Jungen. Kaum war Pasolini abgereist, floh der Junge und kehrte zum Hafen zurück.

Also ein Versuch, ihn zurückzuholen, etwas für ihn zu tun.

Ein väterlicher Instinkt. Eine furchtbar komplizierte Angelegenheit. Er ging mit den Jungen ins Bett, zerstörte mit der erotischen Beziehung eigentlich die väterliche Autorität, doch gleichzeitig hatte er für sie eine gewisse Zuneigung.

Vielleicht suchte er mit diesen Beziehungen die Zuneigung, die er nicht bekam.

Nein, er suchte keine Zuneigung, er war ein Egozentriker, er genügte sich selbst. Er hatte seine Mutter. Ich weiß nicht, was geschehen wäre, wenn die Mutter gestorben wäre, doch er ist vor der Mutter gestorben. Ihm genügte die Beziehung mit der Mutter. Er hatte die Mutter, den Hund (der die Ehefrau war) und Freunde wie mich und Dacia. Alles war gut organisiert. Zu Gesellschaften ging er selten und wenn, dann langweilte er sich. Mit dem Beginn des Filmens hat er ganz damit aufgehört. Er war, was das gesellschaftliche Leben betrifft, sehr unbedarft. Sein Tag verlief folgendermaßen: Morgens schlief er lange, außer wenn er drehte, dann stand er früh auf. Normalerweise stand er spät auf, erst um 11 Uhr. Dann aß er zu Hause, und nachmittags arbeitete er ein bißchen vor sich hin. Abends ging er immer in Restaurants essen, in Gesellschaft mit uns und anderen, und um 11 Uhr sagte er, ich geh auf den Strich und verschwand. Er kam immer erst gegen zwei oder drei Uhr nachts nach Hause. Deshalb schlief er bis mittags. Er brauchte viel Schlaf, acht bis neun Stunden.

Und die anderen Reisen, die Sie zusammen unternommen haben?

Wir sind nach Ghana, an die Elfenbeinküste und nach Nigeria gereist, haben dort große Autofahrten gemacht. Ein anderes Mal waren wir in Tansania. Es waren unter anderen auch Ninetto, Sergio Citti und der Regisseur Barcelloni dabei. Wir waren am Tanganjika-See, von dort aus sind wir mit einem alten deutschen Zug bis Dodoma gefahren, von wo aus wir mit dem Flugzeug zurück sind. Ein anderes Mal, als auch Dacia dabei war, waren wir in Marokko, um Recherchen für den Film »Edipo Re« zu machen. Er war ein äußerst sympathischer Reisegeselle, konnte sehr gut fahren, abends hatte er immer das Problem, auf Ausschau gehen zu müssen. Er war was das Sexuelle betraf, richtiggehend besessen. Mit den Jungen in Marokko hatte er von morgens neun Uhr bis um Mitternacht eine Verabredung nach der anderen. Am Abend des Tages, als er aus Marokko zurückkam, hatte er 39 Grad Fieber. Er war ein Mann, der diese Leidenschaft hatte: Sex war für ihn das alles Dominierende. Ein weiteres Mal, gleich nach dem Blutbad auf der Piazza Fontana, bin ich nach Bolivien geflogen, um mich für die Freilassung Regis Debrays einzusetzen. Von Bolivien aus bin ich über Argentinien und über den Ozean nach Dakar geflogen, wo ich Pasolini getroffen habe, der in Begleitung der Callas war; gemeinsam haben wir dann eine Reise nach Mali gemacht. Es war die letzte Reise, die wir zusammen gemacht haben.

Sie sprachen von einem Haus, das Pasolini in der Nähe von Viterbo hatte.

Nun, er hatte zwei Häuser. Und eine bürgerliche Wohnung in der Via Eufrate, die er selbst restauriert hat, in einem fragwürdigen Geschmack, ähnlich dem seiner Kleidung. Seltsam, sehr seltsam, da er einen ausgezeichneten Geschmack in seinen Filmen und auch in der Malerei zeigte.

Doch ich wollte etwas anderes sagen. Pasolini hat glückliche Jahre verbracht, mit der Callas war er sehr glücklich. Dann ist irgend etwas, ich weiß nicht was, zusammengestürzt. Man spricht viel über den Erfolg. Der Erfolg ist etwas, das die Menschen aussaugt. Die Medien, wie Zeitungen, Fernsehen, Radio, schaffen letztendlich eine Figur. Das einzige, was einem zu hoffen bleibt, ist, daß diese Figur weder zu arrogant, noch zu unsympathisch ist, sonst entstünde zuviel Haß. Dennoch, er hat gute Jahre gehabt.

Und das Haus in Viterbo?

Um eine Episode des »Decamerone« zu drehen, fuhr Pasolini einmal in die Nähe von Viterbo nach Chia, wo eine Karawanserei steht. Ich würde nicht von einem Schloß sprechen, sondern von einer Karawanserei, einer Einfriedung von Mauern mit einem Turm. Die Leute, die früher über die Via Cassia fuhren, verbrachten dort die Nacht, um in Sicherheit zu sein, eben wie in arabischen Karawansereien. Ein wunderschöner, einmaliger Ort. Er hat das Ganze für wenig

Geld erstanden, für fünf Millionen [damals etwa zehntausend Mark] oder ähnlich. Dann hat er direkt an eine Mauer anschließend ein Haus mit sechs Zimmern bauen lassen. Die Karawanserei steht auf einem Felsausläufer, einem leicht zu verteidigenden Platz. Ein Fels zwischen zwei Canyons, wie in Colorado, zwei tiefe Schluchten, in deren Tiefen Wildbäche fließen. Der Turm ist fünfeckig, sehr schön, wunderschön. Man erreicht die Einfriedung durch einen Eichenwald. Ein schöner, wirklich wunderschöner, fast dantischer, ziemlich sinistrer Ort. Dann erzählte ich ihm, daß ich gerne ein Haus am Meer haben würde. Mir gefallen diese Orte im Landesinneren nicht. Ich liebe das Meer. Ich hatte ein sehr teures Grundstück in Sabaudia gefunden. Wir beide haben uns zusammengetan und das Grundstück gekauft. Dann haben wir darauf eine Villa von 260 Quadratmetern bauen lassen, in zwei Wohnungen von je 130 Quadratmetern unterteilt. Wir hockten also aufeinander. Doch da er für mich wie ein Bruder war, kamen wir sehr gut aus, auch wenn er kaum sprach. Er war sehr glücklich.

Warum hat Pasolini Sie ausgesucht?

Er sagte immer, er kenne zwei oder drei wirklich intelligente Menschen. Einer war Citti. Eigentlich kam er auf mich, weil ich das Gegenteil von ihm bin. Er war homosexuell, ich bin heterosexuell, er war irrational, ich bin sehr rational, ein eingefleischter Rationalist, wenn auch kein Denker. Er hing an Traditionen, ich bin absolut für die Revolution. Ich glaube, daß Revolution eine notwendige Sache ist, aus und Schluß. Mir liegt nicht viel an Traditionen. Ich denke, daß diese sich, so sie gesund, stark und lebendig sind, selbst retten. Das übrige wirft man besser über Bord.

Waren Sie eine Art größerer Bruder, ein Schutz, ein Halt?

Ich? Nein. Es herrschte auch eine gewisse Ironie. Ich würde sogar sagen, eine Komplizenschaft.

Moravia, was dachte Pasolini über die Frauen allgemein?

Er war kein Mann, der die Frauen haßte. Im Gegenteil, er hatte eine gewisse Anzahl, sagen wir, von Vizemüttern. Er hatte Gefühle für Frauen, eine große Geduld auch mit

Frauen, die ich arrogant finde. Man muß eines verstehen: Obgleich Pasolini ein Egozentriker, ein vehementer Narziß war, hegte er für die Menschheit ein großes Wohlwollen, ein starkes Mitgefühl, ein Gefühl, das in meinen Augen sehr christlich ist. In diesem Sinne war Pasolini ein Christ. Er war ehrlich, sein Katholizismus war keine formelle Sache, dumm oder auch verdorben, wie es oft der Fall ist. Es war ein urchristliches Gefühl. Einerseits war er Narziß in einer schon pathologischen Form, egozentrisch, andererseits brachte er den anderen ein sehr herzliches Gefühl entgegen, war sehr freundlich.

Wie war er zum Beispiel Dacia Maraini gegenüber?

Er mochte sie sehr. Hatte großes Vertrauen zu ihr. Er bevorzugte in den Frauen ganz einfach die mütterliche Seite. Die Beziehung zu seiner Mutter hatte darüberhinaus noch etwas Physiologisches, das gegenüber anderen Frauen nicht bestand. Zu Dacia war er sehr lieb.

Und Dacia zu ihm?

Sehr herzlich, schrecklich. Dacia träumte von ihm, sie hatte sehr seltsame Träume. Ich habe nicht von ihm geträumt.

Hat sie nach seinem Tod noch von ihm geträumt?

Nach seinem Tod hat sie sogar geträumt, daß er spräche. Eines jener Phänomene, von denen man in alten Büchern liest, wie bei Sueton, wenn er die Träume der römischen Kaiser erzählt. Ich glaubte nie, daß es solche Träume gäbe. Dacia hingegen hat seltsame Träume gehabt.

PIER PAOLO PASOLINI

Petrolio

Der heftig umstrittene Roman Pier Paolo Pasolinis aus dem Nachlaß: Das furiose Portrait einer obszönen, machtgierigen und ichbesessenen Gesellschaft.
»Ohne Zweifel steht der Roman sowohl im Gesamtwerk Pasolinis als auch in der italienischen Nachkriegsliteratur einzigartig da.«
Bernd Zanetti, Tagesspiegel
Übersetzt von Moshe Kahn.
*Quart*buch. *Schwarzes Leinen. 720 Seiten*

Große Vögel, kleine Vögel

Wie Pasolini allen Dogmatikern den Vogel gezeigt hat, den kleinen und den großen. Oder: Über die Anarchie der Kunst und den Mangel an Heiterkeit in der Politik.
Mit dem Drehbuch zum Film, einem Interview mit Totò, einem Aufsatz von P. P. Pasolini und einem Dossier von Peter Kammerer.
Übersetzt von Karin Fleischanderl.
Klappenbroschur. Großformat. 208 Seiten mit vielen Fotos

»Ich bin eine Kraft des Vergangenen...«
Briefe 1940–1975

»Eine literarisch wie persönlich überzeugend balancierte Auswahl von Pasolinis Briefen, in denen alles, was seine Kunst ausmacht, nachvibriert.«
Karsten Witte, Frankfurter Rundschau
Herausgegeben von Nico Naldini.
Übersetzt von Maja Pflug.
*Quart*buch. *Blaues Leinen. 320 Seiten*

Ragazzi di vita **Roman**

Pasolinis frühes und viel geächtetes Meisterwerk.
»Was den Leser so in diese Prosa hineinreißt, ist freilich nicht der Realismus, sondern die Kraft dahinter: Pasolinis Leidenschaft für seine Figuren, seine Liebe zu den kleinen Gaunern.«
Peter Ruedi, Die Weltwoche
Übersetzt von Moshe Kahn.
*Quart*buch. *Schwarzes Leinen. 240 Seiten*

Verlag Klaus Wagenbach, Ahornstraße 4, 10787 Berlin

Wer ich bin
erschien 1995 als 56. *SVLTO*

Der Einband verwendet ein Foto von Pier Paolo Pasolini,
das ihn mit Alberto Moravia zeigt
(© Fondo Pasolini, Rom)
Gesetzt aus der Century Buch schmal durch
die Offizin Götz Gorissen, Berlin
Gedruckt auf chlor- und säurefreiem Papier
und gebunden von Clausen & Bosse, Leck
Bucheinbandstoffe von Herzog, Beimerstetten
Printed in Germany.
ISBN 3 8031 1155 2